Kai Kummer

# KLOPÄDIE

## Die nackte Wahrheit für Stille Örtchen

K & K

# Inhalt

Modedesigner

Motorrad

Mumbai

Musiker

New York

Omnibus

Paparazzo

Paris

Peking

Pfarrer

Politiker

Polizist

Pop

Punk

Rap

Reggae

Rio de Janeiro

Rock 'n' Roll

Rom

Rugby

San Francisco

Schach

Schauspieler

Schlager

Schwiegermutter

Singen

Skifahren

Smartphone

Stewardess

Strassenbahn

Surfen

SUV

Tanzen

Techno

Telemarketer

Tokio

U-Bahn

Universität

Urlaub

Venedig

Wandern

Weihnachten

Wohnmobil

Zürich

Kai Kummer (Text und Illustrationen): »Klopädie: Die nackte Wahrheit für Stille Örtchen«
K & K Verlag, Müllerwis 18, CH-8606 Greifensee. Internet: kaikummer.com
Alle Rechte vorbehalten. Nachdruck oder Vervielfältigung nur mit Genehmigung
des Verlages gestattet. Verwendung oder Verbreitung durch unautorisierte Dritte in
allen gedruckten, elektronischen, audiovisuellen und akustischen Medien ist untersagt.
ISBN 978-3-907419-98-4 / #01

# Abnehmen

**Definition:** Ein ambitioniertes, oft wiederholtes Vorhaben, bei dem man versucht, durch Diäten und Sportarten, die wie mittelalterliche Foltermethoden aussehen, Gewicht zu verlieren. Das Hauptziel scheint zu sein, in die Jeans von vor zehn Jahren zu passen und dabei so zu tun, als würde man den Prozess genießen.

**Ursprung:** Entstanden, als die erste Person beschloss, dass Rundungen nicht mehr en vogue sind und dass Blattsalat eine akzeptable Mahlzeit darstellt. Seitdem ein ständiger Kampf gegen Kalorien, Kohlenhydrate und alles, was Freude bereitet.

**Ablauf:** Ein fröhliches Karussell aus Diäten, die von „nur Luft und Liebe" bis „nur Fleisch und Tränen" reichen. Dazu kommt Sport, der oft mit einem Gefühl der Verzweiflung und des Schmerzes verbunden ist.

**Kleidung:** Typischerweise Sportkleidung, die so eng ist, dass man sich fragt, ob sie nicht selbst Kalorien verbrennt.

**Hilfsmittel:** Waage, die gefürchtet wird wie der Zahnarzt, eine Fitness-App, die einen ständig an das Scheitern erinnert, und ein Vorrat an „gesunden Snacks", die nach Pappe schmecken.

**Zusammenfassung:** Abnehmen, das ultimative Abenteuer in Selbstgeißelung und das einen lehrt, dass die größten Feinde oft die leckersten sind. Ideal für alle, die gerne hungrig ins Bett gehen und davon träumen, dass Salat wie Pizza schmeckt.

# Angeln

**Definition:** Eine Freizeitaktivität, bei der man stundenlang in einem Boot oder am Ufer sitzt, eine Schnur ins Wasser hält und dabei so tut, als wäre das spannend.

**Ursprung:** Entstanden in grauer Vorzeit, als Menschen noch aus Notwendigkeit fischten und jemand dachte, dass man das auch zu einer Art meditativen Langeweile weiterentwickeln könnte.

**Ablauf:** Das Auswerfen der Angel, gefolgt von endlosem Warten, gelegentlich unterbrochen von kurzen Aufregungsmomenten, wenn sich ein Blatt am Haken verfängt.

**Kleidung:** Kombination aus wasserfesten Stiefeln und einer Weste mit mehr Taschen, als man jemals benötigt. Unverzichtbar ist der Hut, der nicht nur vor der Sonne schützt, sondern auch das Gefühl vermittelt, ein echter Abenteurer zu sein.

**Werkzeuge:** Eine Angelrute, die teurer ist als manche Urlaubsreise, ein Köderkasten, der mehr Auswahl bietet als ein kleiner Supermarkt, und eine Kühlbox für das Bier.

**Zusammenfassung:** Das Hobby Angeln, perfekt für diejenigen, die glauben, dass die beste Art, die Natur zu genießen, darin besteht, regungslos an einem Fleck zu sitzen und auf das zu warten, was nie passiert. Eine Flucht aus dem stressigen Alltag, um die großen Fragen des Lebens zu kontemplieren, wie zum Beispiel: „Warum mache ich das eigentlich?".

# Anwalt

**Definition:** Berufsgattung, darauf spezialisiert, das Gesetz so zu interpretieren, dass es mehr Wendungen hat als eine Seifenoper. Hauptziel ist es, aus jeder Situation als Gewinner hervorzugehen – oder zumindest so zu tun.

**Ursprung:** Entstanden in den dunklen Tiefen der Menschheitsgeschichte, wo jemand dachte, es sei eine prima Idee, jedes zwischenmenschliche Problem in Paragraphen zu gießen und dann Leute dafür zu bezahlen, sich darum zu streiten.

**Tagesgeschäft:** Jonglieren mit Paragraphen, Schreiben von Dokumenten dicker als ein Telefonbuch, und Halten von Monologen, welche länger dauern als die Durchschnittsehe.

**Kleidung:** Vorzugsweise Anzüge, die so teuer sind, dass man meinen könnte, sie seien aus Goldfäden gewebt. Eine notwendige Tarnung, um Kompetenz und Erfolg vorzutäuschen.

**Werkzeuge:** Arsenal von Gesetzbüchern, die niemand wirklich versteht, ein Laptop, der mehr Geheimnisse birgt als das Pentagon, und eine Kaffeetasse, die nie leer zu sein scheint.

**Zusammenfassung:** Der Beruf des Anwalts, die perfekte Wahl für alle, die es lieben, in einer Welt aus Wortklauberei und Schlupflöchern zu leben. Ein Bereich, in dem man mit genug Geschick und einem ernsten Blick selbst den absurdesten Fall gewinnen kann – oder zumindest so lange verzögern, bis alle anderen aufgeben.

# Automobil

**Definition:** Vierrädriges Fortbewegungsmittel, das hauptsächlich dazu dient, den eigenen Status zu zeigen, den Nachbarn zu beeindrucken und über die Spritpreise zu jammern.

**Geschichte:** Einmal eine glorreiche Erfindung, jetzt der Grund, warum du zwei Stunden zu spät zum Abendessen kommst. Entwickelt von Genies, genutzt von Menschen, die nicht wissen, wie man einen Blinker benutzt.

**Funktion:** Dient dazu, Menschen bequem von A nach B zu transportieren, wobei „bequem" hier bedeutet, im morgendlichen Verkehr festzustecken, während man verzweifelt versucht, das Radio auf eine Station einzustellen, die keine Werbung spielt.

**Umweltauswirkungen:** Ein fabelhafter Beitrag zur Luftverschmutzung. Bonuspunkte für diejenigen, die SUVs in der Stadt fahren, weil man ja nie weiß, wann man auf dem Weg zum Supermarkt offroad gehen muss...

**Sozialer Status:** Je größer und lauter, desto besser. Denn nichts sagt „Ich habe es geschafft" lauter als ein Auto, das mehr kostet als deine kleine Wohnung.

**Zusammenfassung:** Das Auto, die ultimative Lösung für alle, die zu viel Freizeit haben und diese gerne im Sitzen im Verkehr verbringen möchten, während sie über das nächste Modell nachdenken, das sie sich definitiv nicht leisten können.

# Autorennen

**Definition:** Sinnloses Spektakel, bei dem eine Horde von Adrenalin-Junkies in lächerlich teuren Blechkisten herumrasen, als gäbe es keinen Morgen. Der ganze „Sport" dreht sich darum, wer es schafft, eine gerade Linie am schnellsten zu befahren, ohne dabei in Flammen aufzugehen.

**Teilnehmer:** Eine Gruppe von Männern (und gelegentlich einer mutigen Frau), die in Autos sitzen, die mehr kosten als dein Haus, und versuchen, sich gegenseitig zu überholen, während sie so tun, als wäre das eine Fähigkeit.

**Zweck:** Offiziell ein Test von Geschwindigkeit und Fahrkunst. Tatsächlich eine teure Möglichkeit, Umweltverschmutzung und Lärmbelästigung zu einem „sportlichen Ereignis" zu machen. Das Fest der Benzin-Vernichter.

**Fahrzeuge:** Absurde Konstruktionen, die mit genug Kraftstoff ausgestattet sind, um eine kleine Stadt zu versorgen, aber stattdessen dazu benutzt werden, im Kreis zu fahren.

**Fans:** Eine seltsame Sekte, die es liebt, stundenlang in der prallen Sonne zu sitzen, nur um einen Blick auf Autos zu erhaschen, die in Sekundenbruchteilen vorbeizischen.

**Zusammenfassung:** Autorennen, perfekt für Leute ist, die zu viel Geld und zu wenig Sinn für die Realität haben. Eine Welt, in der das Brüllen des Motors und der Geruch von verbranntem Gummi als Musik und Parfüm gelten.

# Banker

**Definition:** Ein Beruf, der darin besteht, mit Geld zu jonglieren, das eigentlich anderen Leuten gehört, und komplexe Finanzprodukte zu verkaufen, die niemand wirklich versteht und keiner braucht. Banker sind dafür berühmt, die Fähigkeit zu besitzen, aus nichts Gewinn zu machen – und umgekehrt.

**Ursprung:** Entstanden in den Tiefen der menschlichen Zivilisation, als jemand beschloss, dass es eine tolle Idee wäre, eine kleine Gruppe von Menschen für die Verwaltung von Reichtum verantwortlich zu machen.

**Tagesgeschäft:** Besteht hauptsächlich daraus, in Tabellen zu starren, als würden sie das Geheimnis des Lebens offenbaren, und mit Zahlen zu hantieren, die so hoch sind, dass sie nicht mal in ein normales Taschenrechner-Display passen.

**Kleidung:** Immer in makellosen Anzügen, die so teuer sind, dass sie schon fast ein eigenes Investment darstellen.

**Werkzeuge:** Ein Computer, der mehr Geheimnisse hat als Area 51 und ein Smartphone, das ständig klingelt.

**Zusammenfassung:** Der Beruf des Bankers, ideal für diejenigen, die Freude daran haben, mit Zahlen zu spielen, als wären sie Lego-Steine. Ein Bereich, in dem man, solange man das richtige Vokabular und einen teuren Anzug hat, die Wirtschaft entweder retten oder in den Abgrund stürzen kann – manchmal beides vor dem Mittagessen.

# Basketball

**Definition:** Spektakel, bei dem überdurchschnittlich große Menschen versuchen, einen Ball in einen hängenden Korb zu werfen, während sie gleichzeitig so tun, als ob Körperkontakt das Schlimmste auf der Welt wäre.

**Spielprinzip:** Irgendwie darum bemüht, den Ball in den Korb des Gegners zu bekommen, während man gleichzeitig so tut, als würde man auch Verteidigung spielen.

**Spieler:** Eine Gruppe von Riesen, die für ihre Fähigkeit bekannt sind, zu springen und dabei unglaublich ernst zu schauen. Gelegentlich begabt im Ballwerfen, aber hauptsächlich beschäftigt mit dem Versuch, nicht umzukippen.

**Fans:** Eine laute Menge, die anscheinend glaubt, dass das Tragen von übergroßen Trikots und das Schreien von Unverständlichkeiten ihr Team irgendwie besser machen wird.

**Spielregeln:** Eine verwirrende Sammlung von Pfeifen, Gesten und Zeitlimits, die so komplex sind, dass selbst die Spieler manchmal ratlos wirken.

**Zusammenfassung:** Basketball, ein Sport, der wie ein einfaches Kinderspiel beginnt, aber irgendwie zu einer überkomplizierten Angelegenheit mutiert ist, bei der Spieler in bunten Trikots versuchen, den Ball in den gegnerischen Korb zu werfen, was erstaunlich oft misslingt, bedenkt man die Größe der Spieler und des Korbs.

# Berlin

**Definition:** Hauptstadt Deutschlands und berühmt für seine Fähigkeit, jegliche Form von konventionellem Schlafmuster zu zerstören.

**Lage:** Irgendwo in Deutschland, aber fragen Sie nicht die Einheimischen – die glauben, Berlin sei ein unabhängiges Königreich.

**Klima:** Hat vier Jahreszeiten: Winter, mehr Winter, Bauarbeiten und „Ist das etwa Sommer?". Jede Jahreszeit kommt mit ihrem eigenen Charme, hauptsächlich in Form von Nieselregen.

**Einwohner:** Eine bunte Mischung aus Künstlern, Hipstern, Politikern und Studenten, die sich fragen, warum sie eigentlich studieren.

**Verkehr:** Ein faszinierendes Chaos aus Fahrrädern, Autos und U-Bahnen, wo das Gesetz des Stärkeren und das Prinzip Hoffnung herrschen.

**Nachtleben:** Ähnelt einem endlosen Karussell aus Techno, Glitzer und Entscheidungen, die man am nächsten Tag bereuen könnte.

**Zusammenfassung:** Berlin, die Stadt, die niemals schläft (hauptsächlich wegen des Lärms) und die durch die Tatsache überrascht, dass es immer noch einen neuen Kebab-Laden zu entdecken gibt.

# Billard

**Definition:** Sport, bei dem erwachsene Menschen mit Stöcken farbige Kugeln auf einem grünen Tisch herumrollen, während sie so tun, als wäre das eine ernsthafte sportliche Leistung.

**Spielprinzip:** Ein Spiel, das aus einem Tisch, ein paar Kugeln, und Stöcken besteht, mit denen man die Kugeln herumschubst, in der Hoffnung, dass sie irgendwie in die Löcher fallen. Ist erstaunlich schwierig, bedenkt man, dass der Tisch nicht einmal Beine hat, um wegzulaufen.

**Spieler:** Meistens Typen (und gelegentlich Frauen), die meinen, Billard wäre eine subtile Mischung aus Physik, Geometrie und Glück – meistens aber eine Ausrede, um in einer Bar abzuhängen.

**Spielregeln:** Eine misteriöse Sammlung von Do's und Don'ts, die niemand wirklich versteht, aber jeder so tut, als würde er es tun.

**Ausrüstung:** Ein Tisch, der aussieht wie ein Miniatur-Golfplatz, aber ohne die lustigen Hindernisse. Stöcke die aussehen wie Zauberstäbe, aber ohne die Magie.

**Zusammenfassung:** Elitäres Kneipen-Golf, perfektes Spiel für alle, die glauben, dass das Versenken von Kugeln in Löchern auf einem Tisch ein Zeichen für überlegene Intelligenz und Geschick ist. Ideal für Regentage, erste Dates und das Zerstören des eigenen Selbstbewusstseins.

# Blues

**Definition:** Musikrichtung, die die Kunst perfektioniert hat, aus jeder Lebenslage eine Tragödie zu machen. Berühmt für ihre herzzerreißenden Gitarrenriffs und Texte, die so schwermütig sind, dass sie selbst den fröhlichsten Clown zum Weinen bringen könnten.

**Ursprung:** Eine Sammlung von Liedern, in denen es darum geht, wie miserabel das Leben ist, untermalt von einer Gitarre, die klingt, als hätte sie selbst Depressionen.

**Instrumente:** Nebst der depressiven Gitarre eine Mundharmonika, die weint, als hätte sie selbst Liebeskummer, und ein Klavier, das klingt, als wäre es seit 100 Jahren nicht gestimmt worden.

**Texte:** Erzählen Geschichten von verlorenen Lieben, Geldsorgen und einem allgemeinen Gefühl des Unglücks – im Grunde der Soundtrack für eine Lebenskrise.

**Fans:** Meist ältere Herren, die glauben, dass wahre Musik nur aus Leid und Herzschmerz besteht und dass alles nach 1970 sowieso nur „Lärm" ist.

**Zusammenfassung:** Der Blues, die perfekte Musik für alle, die ihre Probleme gerne in einer Mischung aus Melancholie und Gitarrensoli ertränken möchten. Ein Genre, das beweist, dass man mit genug Seufzern und langsamen Gitarrenriffs jede Lebenssituation in ein Elend verwandeln kann.

# Bodybuilding

**Definition:** Eine faszinierende Aktivität, bei der man Stunden im Fitnessstudio verbringt, um Muskeln aufzubauen, die dann stolz in so engen T-Shirts präsentiert werden, dass sie jederzeit zu platzen drohen. Hauptziel scheint es zu sein, so breit zu werden, dass man durch keine normale Tür mehr passt.

**Ursprung:** Entstanden vermutlich, als jemand das erste Mal einen Stein hob und dachte: „Der könnte größer sein."

**Ablauf:** Ein eintöniger Zyklus aus Heben, Absetzen und Grunzen, begleitet von einem strengen Diätplan, der mehr nach einem Chemieexperiment als nach einer Mahlzeit aussieht. Inklusive ständiger Selbstkontrolle im Spiegel, um sicherzustellen, dass jede Muskelgruppe die gebührende Aufmerksamkeit erhält.

**Kleidung:** Hautenge Kleidung, die dazu dient, jeden einzelnen gewonnenen Muskel zur Schau zu stellen.

**Equipment:** Eine Auswahl an Hanteln und Gewichten, die mehr wie mittelalterliche Waffen aussehen, Proteinshakes, die in Geschmacksrichtungen kommen, die die Natur nie vorgesehen hat, und natürlich das unverzichtbare Handtuch, um den Schweiß der harten Arbeit abzuwischen.

**Zusammenfassung:** Bodybuilding, die perfekte Wahl für diejenigen, die glauben, dass wahre Zufriedenheit nur ein paar hundert Liegestützen entfernt liegt.

# Börsenmakler

**Definition:** Eine Berufsgruppe, die sich darauf spezialisiert hat, mit fremdem Geld so umzugehen, als wäre es ihr eigenes Monopoly-Geld. Sie zeichnen sich durch ein unglaubliches Geschick aus, in Sekundenbruchteilen Entscheidungen zu treffen, deren Konsequenzen sie selten selbst tragen.

**Ursprung:** Entstanden in den Tiefen der Finanzwelt, wo einige helle Köpfe beschlossen, dass es Spaß machen würde, das Schicksal von Unternehmen und ganzen Volkswirtschaften zu einem Glücksspiel zu machen.

**Tagesgeschäft:** Das ständige Starren auf Bildschirme, gefüllt mit Zahlen und Diagrammen, die aussehen wie das Steuerpult eines Raumschiffs. Dabei versuchen sie, das Unmögliche zu tun: den Markt zu verstehen und vorauszusagen.

**Kleidung:** Anzüge, die schreien: „Ich verdiene mehr in einer Minute, als du in einer Woche". Krawatten als ein Statussymbol, das den Erfolg und den Mangel an Geschmack zeigt.

**Werkzeuge:** Mehrere Monitore, die mehr blinken als ein Weihnachtsbaum, und ein Telefon, das nie aufhört zu klingeln.

**Zusammenfassung:** Börsenmakler, perfekter Beruf für alle, die glauben, dass wahrer Nervenkitzel nicht beim Bungee-Jumping erlebt wird. Ein Feld, in dem man mit genug Risikobereitschaft und einem guten Riecher für Trends zum Millionär werden kann – oder zum Obdachlosen.

# Boss

**Definition:** Person, die ihre Zeit damit verbringt, E-Mails um 2 Uhr morgens zu senden, unerreichbare Deadlines zu setzen und Meetings anzuberaumen, die E-Mails sein könnten. Taucht immer dann auf, wenn man gerade nichts zu tun hat.

**Ursprung:** Entstanden, als die ersten Gruppen von Menschen beschlossen, dass keiner weiss was zu tun ist und jemand die Verantwortung übernehmen muss – vorzugsweise jemand, der die Kunst des Delegierens perfektioniert hat.

**Ablauf:** Ein tägliches Ritual aus E-Mails, Meetings und dem Verteilen von Aufgaben, die keiner machen will.

**Kleidung:** Oft ein Outfit, das sowohl Autorität als auch die Tatsache ausstrahlt, dass man es nicht mehr nötig hat, sich mit Kleinigkeiten wie tatsächlicher Arbeit zu beschäftigen.

**Hilfsmittel:** Schreibtisch, größer als dein erster PKW, Smartphone, anscheinend mit der Hand verwachsen, Laptop voller Diagramme, die keiner versteht, und eine Kaffeetasse, die mehr Macht symbolisiert als der Thron von Westeros.

**Zusammenfassung:** Der Boss, die Person in deinem Leben, die du gleichzeitig am meisten respektierst und fürchtest. Ein wandelndes Paradoxon, das man nie ganz zufriedenstellen kann und von dem man hofft, dass es eines Tages deine Leistungen anerkennt – oder zumindest deinen Namen richtig ausspricht.

# Bossa Nova

**Definition:** Musikrichtung, die wie geschaffen dafür ist, in schicken Cafés oder beim Zahnarzt gespielt zu werden. Berühmt für ihre sanften Rhythmen und flüsternden Gesänge, die so entspannend sind, dass man sich fragt, ob die Musiker überhaupt wach waren, als sie sie aufgenommen haben.

**Ursprung:** Entstanden in den 1950er und 1960er Jahren in Brasilien, als ein paar Musiker beschlossen, dass Samba alleine zu aufregend ist und dringend ein wenig Jazz benötigt.

**Instrumente:** Leise gezupfte Gitarren, die so sanft klingen, als würden sie sich dafür entschuldigen, überhaupt Geräusche zu machen, und sanfte Perkussion, die klingt, als würde jemand ganz vorsichtig Eier in der Küche sortieren.

**Texte:** Meist auf Portugiesisch, was für den durchschnittlichen Hörer so klingt, als würde jemand ganz romantisch seine Einkaufsliste vorlesen.

**Fans:** Typischerweise Leute, die denken, dass normale Musik zu laut ist, und die eine Schwäche für alles haben, was leise genug ist, um dabei ein Buch zu lesen.

**Zusammenfassung:** Bossa Nova, der perfekt Musikstil für alle, die ihre Cocktails gerne mit einer Prise sanfter Melancholie und einem Hauch von brasilianischer Nonchalance genießen möchten. Die ideale Hintergrundmusik für fast jede Situation, in der man nicht wirklich zuhören will.

# Boxen

**Definition:** Sport, bei dem zwei Menschen in kurzen Hosen sich gegenseitig so lange ins Gesicht schlagen, bis einer von ihnen vergisst, wie er heißt.

**Spielprinzip:** Zwei Kontrahenten versuchen, sich gegenseitig mit gepolsterten Handschuhen k.o. zu schlagen, während ein Schiedsrichter dabei zuschaut, als wäre es das Normalste der Welt, und Gehirnerschütterungen als bloßes Zeichen von Hingabe ansieht.

**Ausrüstung:** Handschuhe, die so dick sind, dass sie auch als Kopfkissen dienen könnten, und Shorts, die so auffällig sind, dass man sie als Notfallsignal in den Bergen verwenden könnte.

**Fans:** Eine faszinierende Mischung aus Sportenthusiasten, die die technischen Aspekte des Boxens schätzen, und Leuten, die einfach nur sehen wollen, wie jemand auf die Fresse bekommt, während sie Bier schlürfen und Wetten abschließen.

**Training:** Stunden des Sack-Schlagens, Seilspringens und der Vermeidung von Schlägen, die so aussehen, als wären sie aus einem Actionfilm.

**Zusammenfassung:** Ein Ring, zwei Boxer, und eine Menge Schläge – das Rezept für ein Unterhaltungsspektakel, das so alt ist wie die Idee, dass es eine gute Idee ist, Konflikte mit Fäusten zu lösen.

# Briefmarkensammeln

**Definition:** Ein Hobby, bei dem man winzige Stücke bedruckten Papiers hortet, die einmal dazu dienten, Post zu versenden. Ihre Hauptattraktion ist die Fähigkeit, sich über extrem kleine Details zu begeistern, wie zum Beispiel die seltene Schattierung von Blau auf einer Briefmarke von 1953.

**Ursprung:** Entstanden in einer Zeit, als Menschen noch Briefe schrieben. Seitdem hat sich das Sammeln zu einer Art historischer Detektivarbeit entwickelt, bei der der größte Nervenkitzel darin besteht, eine Marke zu finden, die kein anderer hat.

**Ablauf:** Stundenlanges Durchstöbern von Katalogen, Tauschbörsen und Flohmärkten auf der Suche nach der einen, seltenen Marke, die die Sammlung vervollständigt.

**Kleidung:** Praktische Kleidung, die bequem genug ist, um die ganze Nacht über einem Album zu verbringen.

**Werkzeuge:** Eine Briefmarkensammlung, die sorgfältiger gehütet wird als manche Staatsgeheimnisse, eine Pinzette, um die kostbaren Stücke zu handhaben, und ein Vergrößerungsglas, um die winzigen Details zu studieren.

**Zusammenfassung:** Briefmarkensammeln, das perfekte Hobby für diejenigen, die glauben, dass wahres Glück in der Betrachtung von klebenden Papierstücken liegt. Ideal für diejenigen, die die Aufregung des Lebens gerne in sehr, sehr kleinen Dosen genießen.

# Bundeswehr

**Definition:** Ein großes Abenteuercamp für Erwachsene und Gruppe von Menschen in einheitlichen Kostümen, die gerne im Dreck spielen und „Zack-Zack" sagen. Offiziell die Armee Deutschlands, die dafür bekannt ist, dass sie mehr Zeit damit verbringt, ihre Ausrüstung zu suchen, als sie zu benutzen.

**Ursprung:** Entstanden als Deutschlands Antwort auf das Motto „Frieden durch Stärke", aber irgendwie endet es oft mit „Stärke durch Ausdauer beim Warten auf Ersatzteile".

**Komfort:** Bietet die einmalige Gelegenheit, in den Genuss von Feldbetten zu kommen, die so bequem sind, dass jeder Campingurlaub im Vergleich wie ein Aufenthalt im Fünf-Sterne-Hotel wirkt.

**Personal:** Du triffst eine bunte Mischung aus Abenteuerlustigen, Patrioten und solchen, die schlicht vergessen haben, den Wehrdienst zu verweigern.

**Sozialer Aspekt:** Ein Ort, an dem Kameradschaft nicht nur ein Wort ist, sondern eine Notwendigkeit – denn wer sonst hilft dir dabei, deinen Panzer aus dem Schlamm zu ziehen?

**Zusammenfassung:** Die Bundeswehr, ein Sammelsurium aus Tradition, Träumen von Großem und der Realität des Kasernenlebens. Ideal für alle, die ihre Jugendfantasien von Ritterrüstungen und Abenteuern ausleben wollen, während sie in der Realität nur lernen, wie man richtig bügelt und Betten baut.

 

# Camping

**Definition:** Ein Freizeitvergnügen, bei dem Städter beschließen, die Annehmlichkeiten des modernen Lebens hinter sich zu lassen, um freiwillig in die Steinzeit zurückzukehren.

**Ursprung:** Entstanden, als die ersten Menschen in Höhlen lebten und noch nicht wussten, dass man Häuser bauen kann. Heute praktiziert von Menschen, die glauben, dass es romantisch ist, im Freien zu schlafen, bis der erste Regen kommt.

**Ablauf:** Ein Camping-Trip beginnt mit dem Versuch, ein Zelt aufzubauen, das komplizierter ist als ein IKEA-Schrank. Danach folgen Stunden des Grillens, des Kampfes gegen Mücken und des vergeblichen Versuchs, in einem Schlafsack zu schlafen.

**Kleidung:** Praktische Outdoor-Kleidung, die so aussieht, als wäre man bereit, den Mount Everest zu besteigen, obwohl man nur 200 Meter vom Auto entfernt ist.

**Werkzeuge:** Ein Zelt, das nie in die Tasche zurückpasst, aus der es kam, ein Schlafsack, der nie warm genug ist, und eine Taschenlampe, die immer dann den Geist aufgibt, wenn man sie am dringendsten braucht.

**Zusammenfassung:** Camping, das ideale Hobby für diejenigen, die es lieben, sich selbst zu quälen in der Illusion, sie würden „der Natur nahe sein". Ein Rückzug aus der Zivilisation, der zeigt, dass die Menschheit wohl nicht ohne Grund Häuser erfunden hat.

# CEO

**Definition:** Chief Executive Officer, die Person an der Spitze der Unternehmensnahrungskette. Trifft große Entscheidungen, während sie gleichzeitig geschickt jede Verantwortung umgeht. Ihr Haupttalent besteht darin, so beschäftigt auszusehen, dass niemand wagt, ihre Autorität in Frage zu stellen.

**Ursprung:** Entstanden in den höheren Etagen der Unternehmenswelt, wo offensichtlich jemand beschloss, dass jede Firma einen König oder eine Königin braucht, um das Zepter (oder besser gesagt, den Kugelschreiber) zu schwingen.

**Tagesgeschäft:** Ein Wirbelwind aus Meetings, gefolgt von entscheidenden Golfpartien und gelegentlichen Pressekonferenzen, um zu zeigen, dass man noch am Ruder ist.

**Kleidung:** Maßanzüge, die teurer sind als das Jahresgehalt eines durchschnittlichen Angestellten, kombiniert mit einer Uhr, die mehr über den sozialen Status als über die Zeit aussagt.

**Werkzeuge:** Ein Smartphone, das mehr kostet als ein Kleinwagen, ein Laptop voller Präsentationen mit zu vielen Diagrammen und ein Schreibtisch, der so groß ist, dass er sein eigenes Postleitzahlgebiet haben könnte.

**Zusammenfassung:** CEO, ein Beruf, in dem man mit genügend Charme, Buzzwords und Powerpoint-Präsentationen das große Geld machen kann – und das, ohne jemals wirklich zu wissen, was in der eigenen Firma vor sich geht.

# Computerspiele

**Definition:** Eine Freizeitbeschäftigung, bei der man stundenlang vor einem Bildschirm sitzt und Tasten hämmert, in der Hoffnung, das nächste Level zu erreichen oder einen imaginären Gegner zu besiegen. Hauptziel ist die Flucht vor der Realität und vor jeglicher Form von körperlicher Aktivität.

**Ursprung:** Entstanden in den dunklen Kellern der 70er Jahre, als Pixel noch so groß waren wie Toastbrote und die Soundeffekte an eine defekte Mikrowelle erinnerten. Heute ein multimedialer Zirkus aus High-End-Grafiken und Storylines, die oft mehr Sinn ergeben als das echte Leben.

**Ablauf:** Eine endlose Schleife aus Spielen, Fluchen und dem Verzehr von Snacks, die mehr Chemie enthalten als ein Periodensystem.

**Kleidung:** Meist eine bequeme Ausstattung, die so aussieht, als hätte man sie seit Tagen nicht gewechselt – was oft auch der Fall ist.

**Werkzeuge:** Ein High-End-Computer oder eine Konsole, ein Headset, das einen von der Außenwelt abschottet, ein Gaming-Stuhl, der mehr einer Raumkapsel ähnelt und eine Sammlung von Spielen, die man nie ganz durchspielen wird.

**Zusammenfassung:** Computerspiele, das perfekte Hobby für alle, die ihre Reflexe schärfen und gleichzeitig ihre sozialen Fähigkeiten vernachlässigen wollen.

# Cosplay

**Definition:** Eine Freizeitbeschäftigung, bei der sich Erwachsene in Kostüme ihrer Lieblingscharaktere aus Filmen, Büchern oder Spielen werfen und so tun, als wären sie diese. Hauptziel ist es, so viele Instagram-Likes wie möglich zu sammeln.

**Ursprung:** Entstanden in den dunklen Tiefen von Science-Fiction- und Comic-Convention, wo sich Gleichgesinnte trafen und beschlossen, das Erwachsenwerden auf unbestimmte Zeit verschieben.

**Ablauf:** Monatelange Vorbereitungen, um ein Kostüm zu erstellen, das exakt dem Vorbild entspricht. Stundenlanges Schminken und Anziehen, gefolgt von dem Versuch, auf Conventions nicht ständig über den eigenen Umhang zu stolpern.

**Kleidung:** Ein aufwendiges Kostüm, das so aussieht, als wäre es direkt aus einem Hollywood-Filmset gestohlen. Nicht selten sind so unbequem, dass man sich fragt, ob die Liebe zum Charakter wirklich so groß sein kann.

**Werkzeuge:** Nähmaschine, Heißklebepistole, Make-up und eine Kamera, um jedes Detail festzuhalten.

**Zusammenfassung:** Cosplay, das perfekte Hobby für diejenigen, die nie wirklich aus der Phase des Verkleidens herausgewachsen sind. Eine Welt, in der Erwachsene sich in Superhelden, Zauberer oder was auch immer verwandeln können und das völlig normal finden.

# Dubai

**Definition:** Eine Stadt, die aussieht, als hätte jemand in einer Wüste ein Monopoly-Spiel gewonnen und beschlossen, es im Großformat nachzubauen. Ein Ort, wo der Luxus dichter ist als der Nebel in London.

**Lage:** Gelegen in der friedlichen Wüste der Vereinigten Arabischen Emirate, wo Sand so weit das Auge reicht und Temperaturen herrschen, die jeden Gletscher zum Schmelzen bringen.

**Architektur:** Eine Mischung aus „Was wäre wenn…" und „Ach, warum eigentlich nicht?". Bekannt für Gebäude, die so hoch sind, dass sie fast die Wolken kratzen, und künstliche Inseln, die aussehen, als wären sie einem Kinderbuch entsprungen.

**Sehenswürdigkeiten:** Beinhaltet das Burj Khalifa, riesige Einkaufszentren, in denen man sich verlaufen kann, und Skigebiete, die die Gesetze der Physik und des gesunden Menschenverstands herausfordern.

**Essen:** Eine Mischung aus internationaler Küche, serviert in so kleinen Portionen, dass man nach dem Essen einen Burger braucht. Überteuert, überbewertet, aber Instagram-tauglich.

**Zusammenfassung:** Dubai, die Stadt, die niemals schläft, weil die Baumaschinen auch nachts arbeiten. Ein Wunderland, das beweist, dass man mit genug Geld alles bauen kann. Ideal für alle, die gerne schwitzen, während sie sich die neuesten Luxusgüter ansehen, die sie sich nicht leisten können.

# Country

**Definition:** Musikrichtung, die beweist, dass man über jeden Aspekt des ländlichen Lebens ein Lied schreiben kann, solange eine Gitarre und ein kariertes Hemd involviert sind.

**Ursprung:** Entstanden in den ländlichen Gegenden Amerikas, wo offenbar genug Whiskey vorhanden war und scheinbar jeder ein gebrochenes Herz und einen kaputten Truck hat.

**Instrumente:** Eine akustische Gitarre, die so klingt, als hätte sie mehr Lebenserfahrung als ein durchschnittlicher Mensch, eine Mundharmonika, die weint, als wäre sie gerade verlassen worden und eine Fiedel, die klingt, als würde sie um Gnade betteln.

**Texte:** Eine endlose Litanei über verlorene Liebe, betrügerische Partner und Bars, die als Flucht vor der Realität dienen – oder vor der eigenen Familie.

**Fans:** Menschen, die Jeans für eine angemessene Abendgarderobe halten und die der Meinung sind, dass das wahre Amerika irgendwo zwischen einer Farm und einer staubigen Landstraße zu finden ist.

**Zusammenfassung:** Country-Musik, der perfekte Soundtrack für alle, die glauben, dass echte Emotionen nur in Cowboy-Stiefeln und unter weitem Himmel ausgedrückt werden können. Ein Genre, das dich entweder zum Weinen oder zum Kauf eines Pickup-Trucks bewegt.

# Curling

**Definition:** Sport, der das aufregende Konzept des Wischens mit dem Nervenkitzel des Eisgleitens kombiniert. Hier schieben Menschen Steine über Eis und fegen wie besessen davor her, als wäre es das Wichtigste auf der Welt.

**Spielprinzip:** Ein Spiel, bei dem Teams große, polierte Granitsteine über eine Eisbahn gleiten lassen und verzweifelt versuchen, diese in einem markierten Zielbereich zum Stillstand zu bringen – was viel strategischer klingt, als es aussieht.

**Ausrüstung:** Schwere Steine, Besen, die mehr nach Hausarbeit als nach Sport aussehen, und Schuhe, die so rutschig sind, dass man sich wundert, warum nicht mehr Spieler auf dem Hintern landen.

**Fans:** Eine spezielle Gruppe, die die feinen Unterschiede zwischen „gutem Fegen" und „schlechtem Fegen" kennt und die es spannend findet, Steinen beim Rutschen zuzusehen.

**Atmosphäre:** Die Spannung eines Curling-Spiels ist vergleichbar mit dem Nervenkitzel, zu beobachten, wie Farbe trocknet – nur dass es hier kälter ist.

**Zusammenfassung:** Curling, ein Zeitvertreib, der perfekt für alle ist, die schon immer mal Sport und Haushaltsarbeit kombinieren wollten. Ein Spiel, das Beweis dafür ist, dass man wirklich aus allem einen Wettkampf machen kann, sogar aus dem Fegen.

# Eisenbahn

**Definition:** Bestehend aus langen, miteinander verbundenen Waggons, die von einer stählernen Lok gezogen werden und sich mit der Eile einer entspannten Schnecke fortbewegen.

**Funktion:** Offiziell dazu gedacht, Menschen und Güter effizient von einem Ort zum anderen zu transportieren, in der Praxis aber ein exzellentes Mittel, um die menschliche Geduld zu testen und die Liebe zu ungeplanten Zwischenstopps und Verspätungen zu entfachen.

**Komfort:** Bietet eine einzigartige Mischung aus überfüllten Waggons, klimatischen Extremen (entweder saunaähnlich heiß oder arktisch kalt) und einem ständigen Rätselraten, ob der Sitzplatz neben dir bis zum Ende der Fahrt frei bleibt.

**Pünktlichkeit:** Wird eher als lose Empfehlung denn als feste Regel angesehen. Verspätungen sind nicht die Ausnahme, sondern die Regel – charmantes Merkmal, das Reisenden hilft, ihre Zeitmanagementfähigkeiten zu verbessern.

**Gesellschaftliche Bedeutung:** Ein beliebtes Thema in der Politik, besonders wenn es um Versprechen geht, die so realistisch sind wie ein Zug, der pünktlich ankommt.

**Zusammenfassung:** Nostalgisches Transportmittel, das dich daran erinnert, dass es nicht um das Ziel, sondern um die Reise geht – besonders, wenn diese unerwartet mehrere Stunden länger dauert.

# Eishockey

**Definition:** Sport, bei dem Spieler auf Kufen über das Eis schlittern und dabei so tun, als ginge es um einen Puck, obwohl jeder weiß, dass es eigentlich um die nächste Schlägerei geht.

**Regeln:** Ein Spiel, das eine Mischung aus Schlittschuhlaufen, Stockschwingen und gelegentlichen Faustkämpfen ist. Das Ziel scheint zu sein, einen kleinen schwarzen Puck ins gegnerische Tor zu befördern, aber die meiste Aufmerksamkeit bekommt, wer am besten austeilt.

**Spielfeld:** Eisfläche, die so glatt ist, dass selbst Profis darauf ausrutschen, umrandet von Banden, die hauptsächlich dazu dienen, Spieler gegen sie zu checken, als wären sie menschliche Flipperkugeln.

**Strafen:** Bunte Sammlung von Zeitstrafen für alles von zu hartem Anrempeln bis hin zum unerlaubten Einsatz des Stocks – ein kurzer Urlaub von der Eisfläche, um nachzudenken, was man falsch gemacht hat und um sich für die nächste Runde zu stärken.

**Fans:** Enthusiastische Menge, die jedes Tor feiert, als wäre es ein historisches Ereignis und jede Schlägerei als Höhepunkt des Abends ansieht.

**Zusammenfassung:** Eishockey, das ultimative Zahnverlust-Roulette auf Eis mit gelegentlichen Gruppenumarmungen, die in Massenschlägereien ausarten.

# Fahrrad

**Definition:** Alptraum jedes Autofahrers. Archaisches Fortbewegungsmittel, das aus zwei Rädern, einem Rahmen und der Illusion von Fitness besteht.

**Beschreibung:** Wunderwerk der Einfachheit, bestehend aus Pedalen, die dich nirgendwohin bringen, während du mehr Kalorien verbrennst, als beim Essen eines Döners wieder zu dir nehmen kannst.

**Verwendungszweck:** Offiziell als Transportmittel für ökologisch bewusste Menschen gedacht, inoffiziell die ultimative Möglichkeit, im Stadtverkehr schneller voranzukommen als jeder, der genug Geld für ein Auto hat.

**Popularität:** Besonders beliebt bei Menschen, die glauben, dass eng anliegende Lycra-Kleidung und Helme, die wie umgedrehte Schüsseln aussehen, der Gipfel der Mode sind.

**Straßenpräsenz:** Häufig in Städten anzutreffen, wo sie von Autofahrern gefürchtet oder ignoriert werden und regelmäßig in Diskussionen über Straßenverkehrsordnungen auftauchen.

**Gesundheitsaspekt:** Ein großartiges Werkzeug zur Förderung der körperlichen Fitness, sofern man den ständigen Kampf gegen Wind, Regen und die Schwerkraft nicht scheut.

**Zusammenfassung:** Symbol für Freiheit, solange man die Freiheit hat, nach jeder Fahrt duschen zu können.

# Fahrradkurier

**Definition:** Ein Job, bei dem man sich auf zwei Rädern durch den Wahnsinn des städtischen Verkehrs schlängelt, um Briefe und Pakete auszuliefern. Hauptfähigkeit ist es, den Gesetzen der Physik und der Straßenverkehrsordnung zu trotzen, oft unter Missachtung der eigenen Lebenserwartung.

**Ursprung:** Entstanden in den hektischen Metropolen, als jemand die brillante Idee hatte, wichtige Dokumente mit einem Fahrrad zu transportieren. Seitdem ein Beruf für Adrenalinjunkies, die nicht genug von Autoabgasen bekommen können.

**Tagesgeschäft:** Ein rasantes Rennen gegen die Zeit und die Unberechenbarkeit des Verkehrs, unterbrochen von gelegentlichen Streitgesprächen mit Fußgängern und Autofahrern.

**Kleidung:** Ein Outfit, das so aussieht, als wäre man bereit für die Tour de France, inklusive hautenger Shorts, die mehr zeigen, als man sehen möchte.

**Werkzeuge:** Ein Fahrrad, das mehr aushalten muss als ein Geländewagen, eine wasserdichte Tasche, die jeder Wetterlage trotzt, und ein Smartphone, das als Navigationshilfe, Auftragsmanager und gelegentliches Unterhaltungsmedium dient.

**Zusammenfassung:** Der Beruf des Fahrradkuriers, ideal für diejenigen, die der Meinung sind, dass ein Bürojob zu langweilig und zu sicher ist. Wahre Freiheit darin besteht, sich bei jedem Wetter durch den Verkehr zu kämpfen.

# Fast Food

**Definition:** Eine Art von Nahrungsaufnahme, bei der Geschwindigkeit und Bequemlichkeit über jede Form von Nährwert oder kulinarischem Genuss triumphieren. Hauptattraktion ist die Fähigkeit, den Magen zu füllen, während man Lebenserwartung und Selbstachtung gleichermaßen reduziert.

**Ursprung:** Entstanden in Amerika, dem Land der unbegrenzten Möglichkeiten und Kalorien. Heute ein globales Phänomen, das beweist, dass man weltweit schlecht essen kann.

**Ablauf:** Ein einfacher Prozess, der das Bestellen von fettigem, salzigem und überraschend geschmacklosem Essen in Rekordzeit beinhaltet. Häufig begleitet von der leisen Selbstverachtung und dem Versprechen, ab morgen gesünder zu leben.

**Utensilien:** Ein Auto für den Drive-Through, ein paar extra Euros für das ‚Upgrade' auf die größere Portion, die man eigentlich nicht braucht, und eine hohe Toleranz für das Gefühl, danach vollgestopft und doch irgendwie leer zu sein.

**Kleidung:** Meist die alltägliche, bequeme Kleidung, die ideal ist, um Flecken von Ketchup und Mayo zu verbergen, die unweigerlich Teil des Esserlebnisses sind.

**Zusammenfassung:** Fast Food, die perfekte Wahl für alle, die in Eile sind und ihre Geschmacksknospen ruinieren möchten. Ideal für diejenigen, die glauben, dass Essen ein notwendiges Übel ist und nicht etwas, das man tatsächlich genießen sollte.

# Fernsehmoderator

**Definition:** Eine Person, die die seltene Gabe besitzt, vor der Kamera zu stehen und so zu tun, als ob sie jedes Thema, über das sie spricht, wirklich versteht und interessant findet. Ihre Hauptfähigkeit besteht darin, selbst das banalste Ereignis so zu präsentieren, als wäre es die Mondlandung.

**Ursprung:** Entstanden im goldenen Zeitalter des Fernsehens, als jemand beschloss, dass es einen braucht, der durch die endlosen Abgründe der Fernsehprogramme führt.

**Tagesgeschäft:** Das kunstvolle Wechseln von ernstem Gesichtsausdruck zu enthusiastischem Grinsen, charmantem Lächeln oder gelegentlichem Nicken, um so zu tun, als ob man dem Gast tatsächlich zuhören würde.

**Kleidung:** Immer top gestylt in Outfits, die schreien: „Ich könnte euer Nachbar sein, aber einer, der einen wirklich guten Stylisten hat."

**Werkzeuge:** Ein Teleprompter, der das Gedächtnis ersetzt, ein Mikrofon, das so platziert ist, dass es fast unsichtbar ist, und ein Make-up-Set, das stark genug ist, um selbst den längsten Drehtag zu überstehen.

**Zusammenfassung:** Fernsehmoderator, Beruf für selbstverliebte Rampenlicht-Süchtige, die glauben, die Welt drehe sich nur um ihre makellos gebleachten Zähne während sie eigentlich nichts von Substanz beitragen.

# Finanzamt

**Definition:** Behörde, die Geld einsammelt, von dem du gar nicht wusstest, dass du es hast. Berühmt-berüchtigt für seine kryptischen Formulare und die Fähigkeit, aus erwachsenen Menschen weinende Häufchen der Verzweiflung zu machen.

**Ursprung:** Entstanden, als die ersten Bauern sich fragten, warum der König so viele ihrer Kartoffeln wollte. Sorgt heute dafür, dass dein Geld eine Reise unternimmt – ohne dich.

**Ritual:** Bietet ein einzigartiges Erlebnis, in dem man Stunden damit verbringt, Zahlen in Boxen einzutragen, von denen man keine Ahnung hat. Inklusive dem Ritual des Belegesammelns, das an eine moderne Schnitzeljagd erinnert.

**Personal:** Mitarbeiter dort tragen das unsichtbare Gewand der Autorität und einen Blick, der jede Frage nach „möglichen Absetzungen" sofort erstickt. Bekannt für Humor der so trocken ist, dass damit aus jedem Urwald eine Sahelzonen wird.

**Sozialer Aspekt:** Das Finanzamt ist der Ort, an dem sich alle Bürger gleich fühlen – gleich verwirrt, gleich besorgt und gleich motiviert, den Beleg für das letzte Arbeitsessen zu finden.

**Zusammenfassung:** Das Finanzamt, ein Ort der Freude für Zahlenliebhaber und ein Tempel des Schreckens für den Rest von uns. Eine Behörde, die mit mysteriöser Effizienz arbeitet und eine Vorliebe dafür hat, dir mitzuteilen, dass du schon wieder etwas übersehen hast.

# Flirten

**Definition:** Ein soziales Ritual, bei dem Individuen versuchen, durch eine Mischung aus schlechten Witzen, übertriebenen Komplimenten und unbeholfenen Körperbewegungen romantische oder sexuelle Interessen zu signalisieren. Oft so subtil wie ein Vorschlaghammer.

**Ursprung:** Entstanden in den nebligen Anfängen der menschlichen Interaktion, als Urmenschen noch mit Keulen wedelten.

**Ablauf:** Beginnt mit dem Versuch, Blickkontakt herzustellen, gefolgt von einem Lächeln, das mehr Nervosität als Zuversicht ausstrahlt. Fortgesetzt durch plumpen Smalltalk, der oft zu peinlichem Schweigen führt.

**Kleidung:** Eine Mischung aus „Ich habe mich bemüht, gut auszusehen" und „Das war das Erste, was ich im Schrank gefunden habe". Wichtig ist, dass sie genug Selbstvertrauen ausstrahlt, um die inneren Zweifel zu übertönen.

**Werkzeuge:** Schlechte Anmachsprüche, die eher abschrecken als anziehen, ein Repertoire an charmanten Gesten, die in der Theorie besser funktionieren, und ein Drink, der als sozialer Schutzschild dient.

**Zusammenfassung:** Flirten, ein Spiel, bei dem man nie weiss, ob man gewinnt oder einfach nur Zeit verschwendet. Perfekt für diejenigen, die es lieben, sich in der Grauzone zwischen „interessiert" und „verzweifelt" zu bewegen.

# Flugzeug

**Definition:** Sardinenbüchse der Lüfte. Langer Metallzylinder mit Flügeln, der irgendwie in der Luft bleibt und Menschen in kürzester Zeit über riesige Distanzen transportiert, während sie sich über die Beinfreiheit und das Essen beschweren.

**Komfort:** Einzigartige Erfahrung von Nähe mit Fremden, die man sonst nur in überfüllten Aufzügen findet. Die Sitze sind so konzipiert, dass sie jeden Zentimeter deines Körpers in Mitleidenschaft ziehen.

**Service:** Ein Highlight jedes Fluges, wo man mit einem Lächeln winzige Portionen von Essen serviert bekommt, das geschmacklich zwischen Karton und Gourmet-Essen liegt.

**Unterhaltung:** Ein faszinierendes Angebot von Filmen, die du nie freiwillig schauen würdest, aber in 10.000 Metern Höhe plötzlich interessant erscheinen.

**Pünktlichkeit:** Verspätungen werden als zusätzliche Aufenthaltszeit im Terminal verkauft, eine Art Bonusurlaub.

**Sicherheitsvorführungen:** Theatralische Darbietung, die von allen ignoriert wird, aber im Notfall lebensrettend sein könnte. Ähnelt stark einer schlecht besuchten Pantomime.

**Zusammenfassung**: Erstaunliche Erfindung, die es Menschen ermöglicht, gegen Gesetze der Schwerkraft zu verstoßen und dabei die Annehmlichkeiten eines Kleinbusses zu genießen.

# Fußball

**Definition:** Schauspiel, bei dem 22 Männer einem Ball nachlaufen und sich aufführen, als sei das Ziel, den Gegner zu vernichten. Besonders bekannt für peinliche Schwalben, bei denen Spieler nach minimalstem Kontakt theatralisch zu Boden gehen, als hätten sie gerade einen Schuss aus einer Kanone abbekommen.

**Spielprinzip:** Hauptziel ist es, den Ball ins gegnerische Tor zu bekommen, was seltsamerweise seltener passiert, als man denken würde. Nebenziele beinhalten das Vortäuschen von Verletzungen und das Diskutieren mit Schiedsrichtern.

**Ausrüstung:** Ein Ball, zwei Tore und Trikots, die so grell sind, dass sie auch als Warnwesten im Straßenverkehr durchgehen könnten.

**Fans:** Eine Horde von Fanatikern, die sich in kollektiver Hysterie ergehen und jede Niederlage ihrer Mannschaft als persönliche Beleidigung empfinden. Experten in Sachen Sofa-Coaching und Schiedsrichterschimpfen.

**Spielregeln:** Ein wirres Regelwerk, das scheinbar nur dazu dient, endlose Streitigkeiten und Verschwörungstheorien zu fördern.

**Zusammenfassung**: Fußball, ein bizarres Ritual, das Milliarden fesselt, während es im Grunde nur darum geht, wie ein Haufen überbezahlter Erwachsener einem Ball nachjagt.

# Gärtnern

**Definition:** Zeitvertreib, bei dem man freiwillig im Dreck wühlt, um Pflanzen zu züchten, die oft mehr Pflege benötigen als ein Baby. Sein Hauptzweck besteht darin, sich Illusionen hinzugeben, während die Pflanzen beschließen, trotzdem zu sterben.

**Ursprung:** Entstanden, als die ersten Menschen sesshaft wurden und merkten, dass man Nahrung auch anbauen kann, anstatt ihr hinterherzujagen.

**Ablauf:** Besteht hauptsächlich aus dem Jäten, Pflanzen, Gießen und dem Stoßgebet, dass die Schnecken dieses Mal bitte den Salat in Ruhe lassen. Die meiste Zeit wird damit verbracht, sich zu fragen, warum die Pflanze, die gestern noch gesund aussah, heute ihr persönliches Armageddon erlebt.

**Kleidung:** Typischerweise eine Kombination aus alter Kleidung, die man nicht mehr tragen kann, und einem Hut, der eher aussieht, als gehöre er zu einer Dschungel-Expedition.

**Werkzeuge:** Eine Reihe von Gartengeräten, die so spezialisiert sind, dass man einen eigenen Schuppen dafür braucht, ein Schlauch, der immer im Weg liegt, und Handschuhe, die nicht davor schützen, schmutzige Hände zu bekommen.

**Zusammenfassung:** Gärtnern, das perfekte Hobby für diejenigen, die es lieben, sich mit Dingen zu beschäftigen, die nicht zurücksprechen, aber dennoch in der Lage sind, unendliche Frustration zu bereiten.

# Gebrauchtwagenhändler

**Definition:** Ein Beruf, der in der Kunst des Verkaufens von Autos, die ihre besten Tage gesehen haben, geübt ist. Ziel ist, aus jeder Rostlaube einen „gut gepflegten Klassiker" und aus jedem Motorschaden ein „technisches Detail" zu machen.

**Ursprung:** Entstanden in der Ära des Automobilbooms, als man merkte, dass nicht jeder ein neues Auto braucht, aber jeder denkt, er bräuchte eines.

**Tagesgeschäft:** Ein ständiges Jonglieren zwischen überzeugenden Verkaufsgesprächen, kreativer Wahrheitsdarstellung und dem ständigen Versuch, den wahren Zustand des Fahrzeugs hinter einem breiten Lächeln und glänzendem Chrom zu verstecken.

**Kleidung:** Oft ein etwas zu schickes Outfit, das schreit „Vertrau mir, ich bin ein Profi", kombiniert mit einem Lächeln, das mehr verspricht als jede Garantie.

**Werkzeuge:** Eine glänzende Auswahl an „fast neuen" Autos, ein Büro, das so aussieht, als wäre es direkt aus einem 80er-Jahre-Film, und eine Fähigkeit zur Überzeugung, die fast schon bewundernswert ist.

**Zusammenfassung:** Der Beruf des Gebrauchtwagenhändlers, ideal für diejenigen, die ein Talent dafür haben, den wahren Wert von etwas zu „erkennen" und kreativ mit der Wahrheit umzugehen, wenn nach dem Vorbesitzer gefragt wird.

# Golf

**Definition:** Sport, bei dem reiche Leute in schicken Outfits einen winzigen Ball mit teuren Stöcken in ebenso winzige Löcher schlagen und so tun, als wäre das die größte sportliche Herausforderung.

**Ausrüstung:** Ein Arsenal von Schlägern, die mehr kosten als ein Kleinwagen, und Bälle, die so gut darin sind, sich zu verstecken, dass man meinen könnte, sie hätten ein Eigenleben.

**Outfit:** Eine Garderobe, die schreit „Ich habe Geld und keinen Geschmack". Involviert oft bunte Hosen, die aussehen, als kämen sie direkt aus einem alten englischen Theaterstück.

**Atmosphäre:** Ein Spiel, bei dem man mehr Zeit damit verbringt, den Ball zu suchen, als ihn tatsächlich zu schlagen. Involviert viel Gehen und gelegentliches Klatschen, das leiser ist als in einer Bibliothek. Wird meist in vornehmer Stille gespielt, unterbrochen nur durch das gelegentliche Fluchen, wenn der Ball mal wieder im Wasser landet.

**Fans:** Eine exklusive Gruppe, die den Unterschied zwischen einem Birdie, Bogey und einem Eagle kennt und die die Stille eines Golfplatzes mehr schätzt als die eigene Frau.

**Zusammenfassung**: Golf, ein Zeitvertreib für Leute, die zu viel Geld und zu viel Freizeit haben. Der ultimative Sport für alle, die glauben, dass echte Athletik darin besteht, einen kleinen Ball über eine Wiese zu schlagen und dann hinterherzufahren.

# Gospel

**Definition:** Musikrichtung, die die Fähigkeit besitzt, selbst den größten Atheisten dazu zu bringen, in die Hände zu klatschen und „Amen" zu rufen.

**Ursprung:** Entstanden in den afroamerikanischen Kirchengemeinden, die beschlossen, dass das beste Mittel gegen Lebensleid lautes Singen und Klatschen und dabei so laut zu singen, dass selbst die Engel im Himmel Ohrstöpsel brauchen.

**Instrumente:** Ein Klavier, das klingt, als hätte es einen Koffein-Überschuss und eine Orgel, die jeden Sci-Fi-Soundeffekt übertrumpft.

**Texte:** Handeln von allem, was mit Himmel, Erlösung und gelegentlich auch von den weniger himmlischen Aspekten des Lebens zu tun hat. Oft so einfach, eingängig und wiederholend, dass man den Text schon nach dem zweiten Refrain mitsingen kann.

**Fans:** Eine enthusiastische Gruppe, die jeden Sonntag in ihren besten Anzügen erscheint und bereit ist, bei jeder Gelegenheit „Amen" zu rufen.

**Zusammenfassung:** Gospel-Musik, der perfekte Stil für alle, die sich nach einer Dosis Optimismus sehnen und sich von einer Welle aus überschwänglichen Harmonien mitreißen lassen. Ideal für Sonntage, an denen das schlechte Gewissen von Samstagnacht noch nachwirkt.

# Heavy Metal

**Definition:** Musikrichtung, bei der es scheint, als ob jeder Song ein epischer Kampf zwischen Gitarren und dem menschlichen Trommelfell ist. Berühmt für ihre schwarz gekleideten Anhänger, die mehr Zeit für ihre Haarpflege aufwenden als für irgendetwas anderes.

**Ursprung:** Entstanden in den dunklen Ecken von Rock'n'Roll, wo jemand entschied, dass „laut" nicht laut genug ist und „wild" noch wilder sein muss.

**Instrumente:** Verzerrte E-Gitarren, die klingen, als hätten sie einen persönlichen Groll gegen Ruhe, und Schlagzeuge, die so intensiv gespielt werden, dass man sich Sorgen um ihre Lebensdauer macht.

**Texte:** Eine bizarre Mischung aus apokalyptischen Fantasien und dunklen Mythen, gesungen mit einer Stimme, die klingt, als würde der Sänger gerade einen Exorzismus durchleben.

**Fans:** Eine Horde von schwarz gekleideten, kettenbehangenen Gestalten, die so aussehen, als würden sie bei Tageslicht zu Staub zerfallen.

**Zusammenfassung:** Heavy Metal, das perfekte Genre für alle, die meinen, dass Musik theatralische Finsternis aufweisen sollte. Ein Stil, der dir entweder das Gefühl gibt, ein Wikinger auf einem Drachen zu sein, oder dich dazu bringt, nach Kopfschmerztabletten zu suchen.

# Hongkong

**Definition:** Eine ehemalige britische Kolonie, jetzt ein glitzerndes Juwel Chinas, berühmt für seine Skyline, die mehr leuchtet als die Zukunftsaussichten seiner Bürger unter dem wachsamen Auge Pekings.

**Lage:** Eingequetscht zwischen dem Südchinesischen Meer und den restriktiven Umarmungen der Volksrepublik China. Das Schaufenster der Freiheit mit Rissen in den Scheiben.

**Architektur:** Eine atemberaubende Mischung aus modernen Wolkenkratzern und traditionellen Gebäuden, die zusammen ein Panorama ergeben, das so schön ist, dass man fast die Kameras übersieht, die einen von jeder Ecke aus beobachten.

**Sehenswürdigkeiten:** Von der glitzernden Victoria Harbour bis zum geschäftigen Temple Street Night Market, Orte, an denen man die Freiheit riechen kann — oder zumindest konnte.

**Essen:** Ein kulinarisches Paradies, in dem man von Dim Sum bis zu Michelin-Sternen Restaurants alles findet, ausser „Demokratie" und „Freiheit".

**Zusammenfassung:** Hongkong, einst ein strahlendes Beispiel für die Verschmelzung von Ost und West, jetzt ein Mahnmal dafür, wie schnell Freiheit und Autonomie unter die Räder politischer Ambitionen geraten können. Ideal für alle, die das schnelle Stadtleben lieben, und nicht zu viel über die politische Landschaft nachdenken.

# Immobilienmakler

**Definition:** Eine Spezies von geschickten Verkäufern, die die Kunst perfektioniert haben, selbst die winzigste Bruchbude als „charmant" und „mit Potenzial" zu verkaufen. Ihre Hauptaufgabe besteht darin, Quadratmeterpreise zu rechtfertigen, die höher sind als die meisten IQ-Werte.

**Ursprung:** Entstanden in den Zeiten, als Menschen anfingen, für ein Dach über dem Kopf zu zahlen, und jemand clever genug war, um zu erkennen, dass man damit eine Menge Geld machen kann.

**Tagesgeschäft:** Das Jonglieren mit Besichtigungsterminen, das Schreiben von Inseraten, die mehr Phantasie als ein Fantasy-Roman enthalten, und das ständige Lächeln, selbst wenn der Kunde das zehnte Haus in einer Woche ablehnt.

**Kleidung:** Immer in Business-Kleidung, die schreit: „Ich bin erfolgreich, vertrau mir!".

**Werkzeuge:** Eine endlose Liste von Immobilienanzeigen, ein Smartphone, das nie aufhört zu klingeln, und ein Portfolio voller Bilder von Häusern, die in Wirklichkeit nie so gut aussehen.

**Zusammenfassung:** Immobilienmaklers, der perfekte Beruf für alle, die es genießen, überzogene Hoffnungen zu wecken und dabei so zu tun, als würden sie tatsächlich helfen. Ein Bereich, in dem man mit Charme und ein paar gut platzierten Worten eine Hundehütte als luxuriöses Loft verkaufen kann.

# Influencer

**Definition:** Eine moderne Berufsgruppe, die sich darauf spezialisiert hat, ihr Leben so perfekt wie möglich auf Social Media darzustellen, aus absolut nichts ein Drama zu machen und dafür auch noch gelikt zu werden.

**Ursprung:** Entstanden mit dem Aufstieg der sozialen Medien, wo plötzlich jeder mit einem Smartphone und einer Internetverbindung zum „Star" werden konnte, ohne wirklich etwas Star-würdiges geleistet zu haben.

**Tagesgeschäft:** Ein endloser Zyklus aus Fotos schießen, Posts bearbeiten und verzweifelt auf Likes und Follower warten. Dazwischen das ständige Checken von Kooperationsangeboten, die meistens aus Gratisprodukten bestehen, die normale Menschen nicht mal geschenkt haben möchten.

**Kleidung:** Immer auf dem neuesten Stand der Mode, auch wenn das bedeutet, dass man aussieht, als wäre man gerade einem Werbespot für das neueste Trendgetränk entsprungen.

**Werkzeuge:** Ein Smartphone, das praktisch am Körper angewachsen ist, eine Armee von Foto- und Videobearbeitungsapps und natürlich ein Ringlicht, um auch das trübste Bild in ein Strahlen zu verwandeln.

**Zusammenfassung:** Der Beruf des Influencers – perfekt für diejenigen, die glauben, dass die Anzahl der Follower gleichzusetzen ist mit dem eigenen Selbstwert.

# Jazz

**Definition:** Musikrichtung, perfekt für diejenigen, die sich selbst gerne reden hören und glauben, dass wahre Kunst nur in der Form von chaotischen, endlosen Solos existiert. Gespielt von Musikern, die anscheinend willkürlich auf ihren Instrumenten herumklimpern.

**Ursprung:** Entstanden in den frühen 20er Jahren, als einige Musiker beschlossen, dass Musik nicht genug verwirrend und unvorhersehbar ist.

**Instrumente:** Ein Potpourri aus Saxophonen, die klingen, als hätten sie einen schweren Tag hinter sich, Trompeten, die so laut sind, dass sie deine Großmutter aufwecken könnten, und Klavieren, die benutzt werden, um alles andere als „Für Elise" zu spielen.

**Texte:** Wenn es überhaupt welche gibt, dann sind sie so kryptisch, dass du einen Doktortitel in Literatur brauchst, um sie zu verstehen.

**Fans:** Elitäre Gruppe, die es genießt, anderen zu erklären, warum sie „den Jazz einfach nicht verstehen" und dabei Snacks knabbern, die keiner aussprechen kann.

**Zusammenfassung:** Jazz, die Musik um zu beweisen, dass du, solange du ein Instrument hast und zufällige Töne spielst, als „tiefgründig" und „künstlerisch" durchgehen kannst. Ideal für alle, die gerne so tun, als wären sie intellektuell.

# Joggen

**Definition:** Ein Hobby, bei dem man sich entscheidet, freiwillig und ohne ersichtlichen Grund lange Strecken zu laufen. Hauptattraktion ist das masochistische Vergnügen, sich selbst bis zur Erschöpfung zu treiben, und so zu tun als wäre es Spaß.

**Ursprung:** Entstanden, als die ersten Menschen noch vor wilden Tieren davonliefen. Heute eine Freizeitbeschäftigung für alle, die zu viel Energie haben und nicht wissen, wohin damit.

**Ablauf:** Ein scheinbar endloses Vorwärtstreiben der eigenen Füße, begleitet von keuchender Atmung und dem ständigen Wunsch, dass es endlich vorbei sei.

**Kleidung:** Typischerweise Funktionskleidung, die so aussieht, als bereite man sich auf die Olympischen Spiele vor, während man eigentlich nur durch den lokalen Park hechelt.

**Werkzeuge:** Ein Paar Laufschuhe, die mehr kosten als ein kleiner Urlaub, eine Sportuhr, die jeden Kilometer dokumentiert, als wäre es eine Mondlandung, und natürlich eine Playlist, die motivierender ist als ein Drill-Instructor.

**Zusammenfassung:** Jogging, das perfekte Hobby für diejenigen, die der Meinung sind, dass echte Entspannung nur durch körperliche Qual zu erreichen ist. Eine großartige Möglichkeit, sich fit zu halten, die eigene Willenskraft zu testen und sich dabei so zu fühlen, als würde man vor etwas davonlaufen – vielleicht vor dem Alltag, dem Stress oder der eigenen Vernunft.

# Journalist

**Definition:** Ein Beruf, der es erfordert, die Welt nach Geschichten zu durchforsten, die entweder das Publikum schockieren oder einschläfern – je nach Nachrichtenlage. Ihre besondere Fähigkeit besteht darin, aus einem Mückenstich eine Elefantenkrankheit zu machen.

**Ursprung:** Entstanden, als die Menschen beschlossen, dass es nicht reicht, Geschichten am Lagerfeuer zu erzählen, und dass man sie stattdessen aufschreiben und verkaufen sollte.

**Tagesgeschäft:** Ein endloser Marathon aus Interviews führen, die so spannend sind wie ein Wartezimmer beim Zahnarzt, und Artikel schreiben, die oft im Wettbewerb stehen zwischen „Was ist die Wahrheit?" und „Was bringt Quoten?".

**Kleidung:** Meist eine pragmatische Kombination aus „Ich könnte jederzeit in ein Krisengebiet gerufen werden" und „Ich habe diesen Pullover schon seit drei Tagen an".

**Werkzeuge:** Ein Notizbuch, das aussieht, als hätte es schon bessere Tage gesehen, ein Aufnahmegerät, das nie funktioniert, wenn es wirklich wichtig ist, und ein Kaffeebecher, der als treuester Gefährte gilt.

**Zusammenfassung:** Der Beruf des Journalisten, perfekt für alle, die eine Leidenschaft für das Stöbern in fremden Angelegenheiten haben und die Kunst beherrschen, aus jedem noch so kleinen Detail eine Schlagzeile zu zimmern.

# Kai Kummer

**Definition:** Schräger Typ der noch schrägere Bücher macht.

**Fans:** Gescheite Leute die dumme Sprüche mögen

**Website:** kaikummer.com

**Newsletter:** Verbreitet noch mehr schrägen Unsinn, der in keinem Buch steht. Oder doch? Weiss keiner so genau. Einschreiben unter kaikummer.com

**Rezensionen:** Bewertungen auf Amazon. Je mehr Sterne desto besser. Manchmal auch noch ergänzt mit doofen Sprüchen. Liest wahrscheinlich keiner ausser Kai Kummer. Aber der freut sich dafür doppelt.

**E-Mail:** Korrespondenz zwischen zwei Personen. Wird garantiert gelesen - zumindest von KGB und CIA. Falls die E-Mail an kai@kaikummer.com gesendet wird, liest sie vielleicht auch der Autor.

# KGB

**Definition:** Ehemaliger Geheimdienst der Sowjetunion, berühmt für seine diskreten und feinfühligen Methoden der Informationsbeschaffung. Ziel war es, überall zu sein, wo man nicht sein sollte, und Dinge zu wissen, die man nicht wissen sollte.

**Ursprung:** Entstanden in den Wirren der frühen Sowjetzeit, als Paranoia noch als Berufskompetenz galt. Schnell entwickelte sich der KGB zu einer Organisation, die so geheimnisvoll war, dass selbst ihre Mitglieder nicht genau wussten, wer alles dazugehörte.

**Aufgaben:** Hauptsächlich Spionage, geheime Operationen und gelegentliches Verschwindenlassen von Personen, die zu viele Fragen stellten. Freizeitaktivitäten umfassten das Abhören von Telefonaten, das Lesen von fremden Briefen, das Halten von einschüchternden Blicken und und das „Überzeugen" von Personen, dass Kooperation eine wirklich gute Idee ist.

**Kleidung:** Vorzugsweise dunkle Anzüge, die so unauffällig waren, dass sie bei Spionageaktionen in westlichen Ländern fast schon wieder auffielen. Trenchcoat und Hut versuchten das gewisse „Film-Noir-Flair" zu unterstreichen.

**Zusammenfassung:** Der KGB, eine Organisation, die bewiesen hat, dass man keine Superkräfte braucht, um die Welt zu erschüttern – nur einen guten Überwachungsapparat und die Bereitschaft, alle Regeln der Moral und Ethik zu ignorieren. Unverzichtbar als Schurken in westlichen Filmen.

# Kindergeburtstag

**Definition:** Ein Ereignis, bei dem Eltern beweisen, wie sehr sie ihre Kinder lieben, indem sie ihr Haus in ein Spielfeld verwandeln, das einem postapokalyptischen Szenario gleicht. Ein Tag, an dem Lärm und Durcheinander nicht nur toleriert, sondern erwartet werden.

**Ursprung:** Entstanden, als die ersten Eltern beschlossen, dass es nicht genug ist, ihren Kindern einfach nur Geschenke zu geben, sondern dass diese Übergabe mit einem Spektakel einhergehen muss, das die Nachbarn neidisch macht.

**Ablauf:** Eine Reihe von Aktivitäten, die darauf abzielen, die Energie hyperaktiver Kinder zu kanalisieren. Dazu gehören Spiele, die niemand versteht, und das Verteilen von Kuchen und Süßigkeiten, die genug Zucker enthalten, um einen Elefanten hyperaktiv zu machen.

**Menschen:** Eine Mischung aus übermüdeten Eltern, die sich fragen, warum sie sich das antun, und aufgedrehten Kindern, die das Chaos genießen. Dazu kommen gelegentliche Auftritte von Verwandten, die den Lärmpegel noch erhöhen.

**Zusammenfassung:** Der Kindergeburtstag, ein jährlicher Test der elterlichen Geduld und Kreativität. Ein Tag, an dem das Haus in ein Schlachtfeld verwandelt wird, dekoriert mit Ballons und Konfetti. Ideal für alle, die glauben, dass Liebe durch Lärm, Unordnung und unkontrollierbaren Zuckerwahnsinn ausgedrückt wird.

# Klassische Musik

**Definition:** Musikrichtung für alle, die glauben, dass echte Musik nur aus 200 Jahre alten Stücken besteht, die von Männern in Perücken geschrieben wurden. Berühmt dafür, dass es das Publikum in Konzerthallen in einen Zustand tiefster Entspannung – manche nennen es Schlaf – versetzt.

**Ursprung:** Entstanden in einer Zeit, in der es noch kein Fernsehen gab, und Leute nichts Besseres zu tun hatten, als sich stundenlang in stickigen Konzertsälen zu setzen.

**Instrumente:** Jedes Instrument, das man sich vorstellen kann, und einige, von denen du noch nie gehört hast. Alle spielen gleichzeitig in einem glorreichen Crescendo der Verwirrung.

**Texte:** Meistens nicht vorhanden, aber wenn doch, dann auf Italienisch, Deutsch oder irgendeiner anderen Sprache, die keiner versteht.

**Fans:** Eine ehrwürdige Gemeinschaft, die es liebt, in grossen Sälen zu sitzen und über die „emotionale Tiefe" von Stücken zu philosophieren, die länger dauern als manche Ehen.

**Zusammenfassung:** Klassische Musik, perfekt für alle, die glauben, dass wahre Kunst darin besteht, möglichst viele Noten in möglichst langen Kompositionen unterzubringen. Ein Genre für diejenigen, die gerne so tun, als würden sie die Tiefe hinter jeder Note verstehen, während sie in Wirklichkeit nur auf das Ende warten.

# Kreuzfahrtschiff

**Definition:** Schwimmendes Einkaufszentrum für Rentner, inklusive Restaurants, Casinos, und genügend Liegestühlen. Perfekte Möglichkeit, die Welt zu sehen, ohne jemals wirklich die Komfortzone des Buffets verlassen zu müssen.

**Unterhaltung:** Bietet eine breite Palette von Aktivitäten an, von Bingo-Abenden, die so spannend sind wie das Warten auf den Bus, bis hin zu Shows, die an die Glanzzeiten des Kreuzfahrtschiffs erinnern sollen.

**Essen:** Eine endlose Versuchung, mit genug Buffets, um jeden Diätplan innerhalb von Stunden zu zerstören. Die Qualität variiert von „Das ist eigentlich ganz lecker" bis „Haben die das aus dem Meer gefischt?"

**Sozialer Aspekt:** Wunderbare Gelegenheit, neue Menschen kennenzulernen, vor allem, wenn man sich für Geschichten über Enkelkinder, Gartenarbeit und vergangene Kreuzfahrten begeistert.

**Umweltauswirkungen:** Ein heikles Thema, das am besten vermieden wird, während man auf dem Sonnendeck sitzt und den Sonnenuntergang betrachtet.

**Zusammenfassung**: Schwimmende Oase des Vergnügens, wenn du das Bedürfnis hast, inmitten von Tausenden anderen Urlaubern das Meer zu überqueren, während du versuchst, einen Platz am Pool zu ergattern.

# Lastwagen

**Definition:** Liebevoll auch „Rollende Straßenblockade" genannt. Riesiges, brummendes Fahrzeug, das darauf spezialisiert ist, wichtige Dinge von A nach B zu transportieren und dabei alle anderen Verkehrsteilnehmer zur Verzweiflung zu treiben.

**Zweck:** Offiziell zum Transport von Gütern über weite Strecken gedacht. Inoffiziell auch dazu da, um PKW-Fahrer in Angst und Schrecken zu versetzen, wenn sie versuchen, auf der Autobahn zu überholen.

**Größe:** Oft so groß, dass sie zwei Fahrspuren gleichzeitig benötigen und Brücken zum Einsturz bringen könnten. Die perfekte Größe, um in jeder Rückspiegelansicht einschüchternd zu wirken.

**Geschwindigkeit:** Entwickelt, um langsam genug zu sein, dass sich hinter ihnen kilometerlange Staus bilden, aber schnell genug, um nie wirklich ohne Lebensgefahr überholt zu werden.

**Fahrer:** Eine spezielle Rasse von Menschen, die es genießen, 90% ihres Lebens in einer Kabine mit CB-Funkgesprächen zu verbringen und den Rest in Raststätten mit starkem Kaffee.

**Zusammenfassung**: Unverzichtbares Element des Warenverkehrs und Albtraum jedes Pendlers, der versucht, rechtzeitig zur Arbeit zu kommen. Fahrender Beweis dafür, dass Größe tatsächlich eine Rolle spielt – zumindest auf der Autobahn.

# Latin Music

**Definition:** Musikrichtung die dafür sorgt, dass selbst die steifsten Hüften anfangen zu wackeln, oft begleitet von Texten, die man nicht versteht, aber trotzdem mitsingt.

**Ursprung:** Entstanden irgendwo in Lateinamerika, wo offensichtlich jeder mit Rhythmus im Blut geboren wird und das Leben ein einziger Tanzwettbewerb ist.

**Instrumente:** Alles, was Lärm macht und gleichzeitig so aussieht, als würde es Spaß machen, einschließlich, aber nicht beschränkt auf, Bongos, Congas und Maracas, die wie musikalische Rasselbanden klingen. Inklusive Sängern, die so viel Leidenschaft haben, dass es fast schon peinlich ist

**Texte:** Meist auf Spanisch oder Portugiesisch oder einer anderen Sprache, die der durchschnittliche Hörer nicht spricht, was ihn aber nicht davon abhält, falsch und laut mitzusingen und zu hoffen, dass man nichts Unanständiges sagt.

**Fans:** Eine Gruppe von Enthusiasten, die entweder wirklich tanzen können oder die, die sich in trügerischer Sicherheit wiegen, dass sie es können.

**Zusammenfassung:** Latin-Musik, das perfekte Genre für alle, die gerne so tun, als wären sie auf jeder Party der Star, während sie in Wirklichkeit nur ein weiteres Opfer des Rhythmus sind. Ein Musikstil, der beweist, dass man kein Wort verstehen muss, um sich völlig lächerlich zu machen.

# Lehrer

**Definition:** Eine robuste Spezies, die sich dem heldenhaften, meist vergeblichen Kampf verschrieben hat, Wissen in die Köpfe junger Menschen zu pressen, die mehr Interesse an ihren Smartphones haben.

**Ursprung:** Entstanden in den antiken Zeiten, als man noch glaubte, Bildung sei der Schlüssel zur Weisheit, und nicht nur eine lästige Pflicht zwischen Kindheit und YouTube-Karriere.

**Tagesgeschäft:** Ein täglicher Marathon aus Erklären, Wiederholen und der Illusion, dass die nächste Generation tatsächlich etwas lernt. Zwischendurch versuchen sie, Ordnung in das Chaos namens Klassenzimmer zu bringen, ohne dabei ihre Stimme oder den Verstand zu verlieren.

**Kleidung:** Oft ein pragmatisches Outfit, das so aussieht, als sei es gegen Kreide, Kaffee und die Tränen der Verzweiflung resistent. Die Accessoires: ein permanentes, leicht gequältes Lächeln und Augenringe, die von zu vielen Korrektur-Nächten zeugen.

**Werkzeuge:** Ein Arsenal aus Büchern, die niemand liest, ein Stapel von Tests, die niemand verstehen will, und eine Tafel, die als letzte Bastion gegen die digitale Übermacht dient.

**Zusammenfassung:** Der Beruf des Lehrers, ideal für jene, die glauben, dass die Jugend noch zu retten ist und die die Geduld eines Heiligen und die Nerven eines Stahlseils besitzen.

# Liebe

**Definition:** Ein verwirrendes Gefühlschaos, das Menschen dazu bringt, irrational zu handeln, kitschige Gedichte zu schreiben und Lieder zu hören, die sie normalerweise peinlich finden würden.

**Ursprung:** Entstanden, als die ersten Menschen sich ansahen und dachten: „Hey, du bist nicht so schlimm. Lass uns zusammen Mammut jagen." Seitdem eine unendliche Quelle von Dramen, Romanen und schlechten Reality-TV-Shows.

**Ablauf:** Ein Mix aus Schmetterlingen im Bauch, nervenaufreibenden ersten Dates und dem ständigen Zweifeln, ob „sie die Eine" oder „die Eine für jetzt" ist. Inklusive peinliche Liebesgeständnisse und Textnachrichten, die man später bereut.

**Kleidung:** Outfits, die sorgfältig ausgewählt werden, um „lässig, aber interessiert" auszusehen. Bei Frauen begleitet von einem Übermaß an Make-up, um „natürlich schön" zu wirken, bei Männern von einem Spritzer zu viel Parfum.

**Hilfsmittel:** Ein Smartphone zum ständigen Nachrichtenaustausch, ein Haufen Romantikfilme als unrealistische Beziehungsvorbilder und genügend Eiscreme, um die unvermeidlichen Enttäuschungen zu überstehen.

**Zusammenfassung:** Liebe, das schönste und qualvollste Gefühl, das man erleben kann. Ideal für alle, die gerne in einem Zustand konstanter Verwirrung und Hoffnung leben.

# Lobbyist

**Definition:** Ein Beruf, der die Kunst der „Überzeugung" perfektioniert hat, oft mithilfe von „Anreizen", die so subtil sind wie ein Elefant im Porzellanladen. Ihre Hauptaufgabe besteht darin, die Grenzen der Ethik so geschmeidig zu dehnen, dass selbst Gummi neidisch würde.

**Ursprung:** Entstanden in den schummrigen Korridoren der Macht, wo man entdeckte, dass Gesetze und Meinungen eine erstaunliche Flexibilität an den Tag legen, besonders wenn die richtigen Taschen gefüllt werden.

**Tagesgeschäft:** Ein endloses Ballett aus vertraulichen Treffen, verschlüsselten Nachrichten und „zufälligen" Begegnungen auf Golfplätzen, bei denen mehr als nur Bälle ins Loch fallen.

**Kleidung:** Teure Anzüge, die den feinen Unterschied zwischen „professionell" und „ich habe gerade das Gesetz gekauft" kommunizieren.

**Werkzeuge:** Ein Schwarzbuch voller Kontakte, die mehr wert sind als die Kronjuwelen, ein Handy für Gespräche, die nie stattgefunden haben, und ein Aktenkoffer, der mehr „Überzeugungsarbeit" leistet als jedes Argument.

**Zusammenfassung:** Der Beruf des Lobbyisten, ideal für diejenigen, die glauben, dass die wahren Entscheidungen nicht durch Wahlen, sondern durch die richtigen „Anreize" getroffen werden.

# London

**Definition:** Majestätische Stadt, berühmt für ihre endlosen Regentage, unerschwinglichen Wohnraum und ihre Küche, die fast so bekannt ist wie die von Italien – allerdings aus gegenteiligen Gründen.

**Wetter:** Es existieren vier Variationen von Wetter: Nieselregen, Dauerregen, Überraschungsregen und der klassische „Ichdachte-es-wäre-trocken"-Regen. Sonnenschein ist ein Bonus, der hauptsächlich in alten Legenden erwähnt wird.

**Einwohner:** Eine Mischung aus stoischen Briten, die die Kunst des in-der-Schlange-Stehens beherrschen, Royals, die man nur auf Postkarten sieht und einer bunten Vielfalt an Menschen aus aller Welt, die sich fragen, warum alles so teuer ist.

**Sehenswürdigkeiten:** Bietet alles von historischen Gebäuden, die älter sind als die meisten Länder, bis hin zu Riesenrädern, die eine tolle Aussicht auf den nächsten Regenschauer bieten.

**Essen:** Berühmt für kulinarische Köstlichkeiten wie Fish and Chips und das legendäre englische Frühstück, das genug Kalorien für eine ganze Woche bietet.

**Zusammenfassung**: eine pulsierende Metropole, berühmt für ihren ewigen Nieselregen, unerschwingliche Wohnungspreise und eine Bevölkerung, die glaubt, dass Augenkontakt in der U-Bahn eine Kriegserklärung ist. Perfekt für alle, die ihren Tee mit einem Löffel Sarkasmus mögen.

# Modedesigner

**Definition:** Ein Beruf, bei dem man Kleidung entwirft, die oft so extravagant ist, dass sie nur zu Laufstegen und Science-Fiction-Filmen passen. Ihre Hauptaufgabe besteht darin, Stoffe in einer Weise zu kombinieren, die den Gesetzen der Physik und des guten Geschmacks trotzt.

**Ursprung:** Entstanden in den Tiefen der menschlichen Eitelkeit, wo jemand beschloss, dass Kleidung mehr als nur Schutz vor den Elementen sein sollte – sie sollte auch ein Vermögen kosten.

**Tagesgeschäft:** Ein endloser Wirbel aus Skizzieren, Stoffe Auswählen und dem Versuch, die nächste „große Sache" zu erschaffen, die oft so aussieht, als hätte man einen Vorhang mit einem Lampenschirm gekreuzt.

**Kleidung:** Immer etwas, das aussieht, als wäre es direkt vom Laufsteg gestolpert, oft kombiniert mit einem Blick, der sagt: „Ich bin modischer als du."

**Werkzeuge:** Ein Skizzenbuch voller unverständlicher Zeichnungen, eine Nähmaschine, die mehr läuft als ein Marathonläufer, und eine Schere, die mehr kostet als ein durchschnittliches Monatsgehalt.

**Zusammenfassung:** Der Beruf des Modedesigners, perfekt für alle, die sich darin gefallen, den Unterschied zwischen „tragbar" und „tragisch" neu zu definieren.

# Motorrad

**Definition:** Eine Mischung aus Motor, zwei Rädern und einem Hauch von Lebensverachtung, perfekt für alle, die glauben, dass vier Räder einfach zwei zu viel sind. Oft als Synonym für „Midlife-Crisis" verwendet.

**Zweck:** Erfindung, die es Menschen ermöglicht, mit atemberaubender Geschwindigkeit die Straßen unsicher zu machen, während sie die Illusion der Unsterblichkeit genießen.

**Fahrer:** Eine bunte Mischung aus Adrenalinjunkies, Freiheitssuchenden und Menschen, die glauben, dass ein lauter Auspuff die Antwort auf alle Lebensfragen ist.

**Soziales Ansehen:** Oft umgeben von einer Aura des Cool-Seins, die nur durch Regen, Kälte und die Notwendigkeit, einen Helm zu tragen, getrübt wird.

**Verkehrsteilnahme:** Beliebt für ihre Fähigkeit, sich durch den dichtesten Verkehr zu schlängeln und dabei die Geduld und Nerven der Autofahrer auf die Probe zu stellen.

**Sicherheit:** Ein Punkt, über den man lieber nicht nachdenkt. Stattdessen konzentriert man sich auf die Freiheit, die nur ein Stück Metall zwischen dir und der Straße bieten kann.

**Zusammenfassung:** Offiziell ein Transportmittel, inoffiziell aber eine Möglichkeit, jedem in der Nachbarschaft mitzuteilen, dass du da bist.

# Mumbai

**Definition:** Eine Megastadt, die so vollgepackt ist mit Menschen und Tuk-Tuks. Berühmt für Bollywood, Straßenlärm und ihre unerbittliche Energie.

**Lage:** Gelegen an der Westküste Indiens, wo die Luft so feucht ist, dass man das Gefühl hat, in einer dampfenden Duschkabine zu leben.

**Architektur:** Eine wirre Mischung aus kolonialer Pracht und modernen Wolkenkratzern, eingeklemmt zwischen endlosen Slums und bunten Märkten. Die Gebäude sehen aus, als hätten sie eine Geschichte zu erzählen – wenn man sie nur über den Verkehrslärm hinweg hören könnte.

**Sehenswürdigkeiten:** Gateway of India, das mehr Menschenmassen anzieht als ein kostenloser Yoga-Kurs, und die Filmstadt Bollywood, wo man mit etwas Glück einen Star beim Tanzen auf dem Dach eines fahrenden Zuges sehen kann.

**Essen:** Eine überwältigende Vielfalt an Straßengerichten, die so scharf sind, dass sie jede Geschmacksknospe in Alarmbereitschaft versetzen. Perfekt für alle, die gerne experimentieren – und ihren Magen wirklich kennenlernen wollen.

**Zusammenfassung:** Mumbai, die Stadt, in die man entweder sofort verliebt ist oder sofort fliehen will. Ideal für alle, die den Begriff „persönlicher Raum" gerne neu definieren möchten und keine Angst vor ein bisschen (oder viel) Chaos haben.

# Musiker

**Definition:** Eine seltsame Spezies von Menschen, die glauben, dass das Zusammensetzen von Tönen und Texten die Welt verändern kann – oder zumindest ihr eigenes Bankkonto. Ihre Hauptaufgabe ist es, Noten zusammenzustellen, die entweder die Herzen brechen oder die Ohren bluten lassen.

**Ursprung:** Entstanden, als die Höhlenmenschen herausfanden, dass man mit Knochen nicht nur andere Höhlenmenschen verprügeln kann – sondern auch Rhythmen erzeugen.

**Tagesgeschäft:** Ein endloser Kreislauf aus Üben bis zur Verzweiflung der Nachbarn und Auftritten in halbleeren Bars. Dazwischen das Hoffen auf den großen Durchbruch, der genauso realistisch ist wie ein Lottogewinn.

**Kleidung:** Entweder ein Outfit, das so aussieht, als wäre es in einem Second-Hand-Laden zusammengestellt worden, oder eine Bühnengarderobe, die mehr glitzert als eine Discokugel.

**Werkzeuge:** Ein Instrument, das mehr geliebt wird als das eigene Leben, ein Haufen zerfledderter Notenblätter und ein Mikrofon, das schon bessere Tage gesehen hat.

**Zusammenfassung:** Der Beruf des Musikers, ideal für alle die glauben, aus drei Akkorden und einem gebrochenen Herzen eine Karriere machen zu können. Sie lieben es ihre Seele in Songs zu legen, die ausser einem kleinen Kreis von Freunden und Familie niemand hören will.

# New York

**Definition:** Stadt, bekannt für ihre endlosen Hochhäuser, die Liebe zu Bagels und als natürlicher Lebensraum für die gehetzten Geschäftsmenschen.

**Klima:** Vier Jahreszeiten, die von „Backofen" bis „Gefrierschrank" reichen, mit gelegentlichen Hurrikans, um die Dinge interessant zu halten.

**Kultur:** Bietet alles von Broadway-Shows, die mehr kosten als dein Monatsgehalt, bis hin zu Museen, in denen du Kunstwerke findest, die aussehen wie dein Frühstücksomelett.

**Sehenswürdigkeiten:** Die Freiheitsstatue (Amerikas Willkommensschild), der Central Park (ein Stück Natur, eingeklemmt zwischen Betonklötzen) und Times Square (wo du die Helligkeit der Reklametafeln mit der Sonne verwechseln kannst).

**Essen:** Ein Paradies für Foodies, wo du alles essen kannst, solange du bereit bist, dafür anzustehen und dein halbes Gehalt auszugeben.

**Verkehr:** Ein Chaos aus Taxis, die den Gesetzen der Physik trotzen, und U-Bahnen, in denen du mehr über das Leben deines Nebenmanns erfährst, als du jemals wissen wolltest.

**Zusammenfassung:** New York, die Stadt, die niemals schläft — wahrscheinlich, weil der Lärm der Sirenen und die Lichter der Skyline es unmöglich machen.

# Omnibus

**Definition:** Langes, überfülltes Fahrzeug, das darauf spezialisiert ist, eine bunte Mischung aus Menschen mit unterschiedlichsten Zielen und Körpergerüchen zu transportieren. Auch „rollende Sauna des öffentlichen Verkehrs" genannt.

**Zweck:** Theoretisch dazu gedacht, Menschenmassen effizient durch die Stadt zu befördern. In der Praxis eine Art soziales Experiment, bei dem untersucht wird, wie nahe Fremde einander kommen können, ohne die Nerven zu verlieren.

**Komfort:** Exklusive Erfahrung von Stehen, gedrängt werden und der ständigen Sorge, ob man die nächste Haltestelle verpassen könnte. Persönliche Freiraum wird als überbewerteter Luxus angesehen.

**Fahrer:** Oft unterschätzte Helden des Alltags, die die Fähigkeit besitzen, durch den dichtesten Verkehr zu navigieren, während sie gleichzeitig gelassen auf Beschwerden und seltsame Fragen reagieren.

**Sozialer Aspekt:** Gelegenheit, das breite Spektrum der menschlichen Gesellschaft zu erleben, von schreienden Kindern über mürrische Pendler bis hin zu Musikliebhabern, die glauben, dass jeder ihre Playlist genießen möchte.

**Zusammenfassung:** Demokratische Transportlösung, die allen zeigt, dass egal, wie schlecht der Tag war, eine Fahrt im überfüllten Bus ihn definitiv noch verschlimmern kann.

# Paparazzo

**Definition:** Ein Mitglied der seltenen Spezies von Fotografen, deren Lebenszweck es zu sein scheint, Prominente in ihren peinlichsten Momenten zu erwischen.

**Ursprung:** Entstanden in der goldenen Ära Hollywoods, als die Welt plötzlich beschloss, dass das Privatleben von Stars interessanter ist als jeder Film, den sie je gedreht haben – und einige clevere Seelen erkannten, dass man mit einem Foto mehr verdienen kann als mit einem ganzen Roman.

**Tagesgeschäft:** Eine endlose Jagd nach dem nächsten großen Foto-Scoop, oft verbracht in Büschen, hinter Mülltonnen oder in dunklen Gassen. Das Ziel: Ein Bild zu schießen, das so skandalös ist, dass es die Titelseiten der Klatschpresse ziert.

**Kleidung:** Meist ein Outfit, das Camouflage und Bequemlichkeit vereint – ideal, um stundenlang auf der Lauer zu liegen, ohne gesehen zu werden.

**Werkzeuge:** Eine High-Tech-Kamera mit Teleobjektiv, die mehr einem Scharfschützengewehr ähnelt, ein Stapel von Boulevardzeitungen, um immer auf dem neuesten Stand des Klatsches zu sein, und ein unauffälliges Auto für die schnelle Flucht.

**Zusammenfassung:** Der Beruf des Paparazzo – perfekt für diejenigen, die kein Problem damit haben, ihre Seele für das perfekte Foto zu verkaufen.

# Paris

**Definition:** Stadt, in der Arroganz auf Romantik trifft und berühmt für seine Cafés, in denen man für einen Kaffee so viel bezahlt, wie anderswo für ein ganzes Abendessen.

**Lage:** Irgendwo in Frankreich, leicht zu finden, folge einfach den Massen von Touristen, die alle auf der Suche nach dem perfekten Selfie mit dem Eiffelturm sind.

**Atmosphäre:** Eine Mischung aus nostalgischer Eleganz und dem Geruch von frisch gebackenen Croissants, durchsetzt mit einer Prise Selbstgefälligkeit.

**Sehenswürdigkeiten:** Der Eiffelturm (das ultimative Selfie-Ziel), der Louvre (wo man mehr Zeit damit verbringt, Menschen zu beobachten, die die Mona Lisa fotografieren, als das Bild selbst) und Notre Dame (jetzt bekannt als die Baustelle, die mal eine Kirche war).

**Verkehr:** Ein chaotisches Ballett aus Autos, Motorrollern und Touristen, die versuchen, die Straße zu überqueren, ohne überfahren zu werden.

**Einwohner:** Eine Mischung aus stolzen Parisern und verwirrten Touristen, die versuchen, einen Stadtplan zu lesen.

**Zusammenfassung:** Paris, ein magischer Ort, der dich entweder mit offenen Armen empfängt oder dich mit einem Achselzucken abweist – je nachdem, wie gut dein Französisch ist.

# Peking

**Definition:** Chinas stolze Hauptstadt, berühmt für ihre jahrtausendealte Geschichte, die Verbotene Stadt und die Fähigkeit, sich im Smog zu verstecken, als wäre es ein Zaubertrick.

**Einwohner:** Eine Mischung aus Parteikadern, die beschäftigter mit dem Navigieren durch politische Landschaften als durch die Stadt selbst sind, und Normalbürgern, die die Kunst des „Nicht-Zu-Viel-Sagens" perfektioniert haben.

**Politik:** Ein faszinierendes Schauspiel, das irgendwo zwischen „Game of Thrones" und „House of Cards" angesiedelt ist, nur ohne die coolen Soundtracks und mit mehr Zensur.

**Kultur:** Reich, vielfältig und mit staatlicher Kontrolle, um sicherzustellen, dass die Traditionen „korrekt" interpretiert werden.

**Essen:** Eine kulinarische Achterbahnfahrt, von Pekingente bis zu experimentellen Straßensnacks, die so mutig sind wie ein Dissident bei einer Regierungskonferenz.

**Verkehr:** Ein chaotisches Ballett aus Autos, Fahrrädern und E-Scootern, bei dem Verkehrsregeln eher als sanfte Hinweise denn als feste Vorschriften betrachtet werden.

**Zusammenfassung:** Ein Ort, der dich mit seiner Kultur verzaubert, seiner Küche überrascht und mit seiner Politik ratlos zurücklässt. Kurz gesagt, ein Abenteuer für alle Sinne – solange man die Luft anhalten kann.

# Pfarrer

**Definition:** Ein Beruf, der es erfordert, die göttlichen Worte mit einer solchen Überzeugung zu predigen, dass selbst die größten Skeptiker anfangen, über das Jenseits nachzudenken.

**Ursprung:** Entstanden in den frühen Tagen der Religion, als Menschen beschlossen, dass sie jemanden brauchen, der ihnen erklärt, wie das mit dem Himmel und der Hölle funktioniert.

**Tagesgeschäft:** Ein ewiger Kreislauf aus Predigten, Gebeten und Gemeindeaktivitäten, die manchmal so aufregend sind wie das Telefonbuch. Bonusupunkte gibt es dafür, jede Lebenslage mit einer passenden Bibelstelle zu kommentieren.

**Kleidung:** Meist in Roben gehüllt, die so altmodisch sind, dass sie fast schon wieder also retro-chic durchgehen. Das obligatorische Kreuz um den Hals dient als ständige Erinnerung daran, wer ihr Chef ist.

**Werkzeuge:** Eine abgenutzte Bibel, die mehr Geschichten enthält als tausend Romane, ein Kelch, der mehr Wein gesehen hat als die durchschnittliche Bar, und eine endlose Geduld für die Sünden ihrer Schäfchen.

**Zusammenfassung:** Pfarrer – ideal für diejenigen, die gerne in Rätseln sprechen und mit genügend Glauben und einer Prise theatralischem Flair das Himmelreich auf Erden ein bisschen greifbarer machen wollen – oder zumindest die Kirchenbänke füllen.

# Politiker

**Definition:** Berufszweig, spezialisiert auf Versprechungen und Aktionen, oft mit einer größeren Kluft dazwischen als zwischen Reichtum und Armut. Ihre besondere Fähigkeit besteht darin, jede Frage so zu beantworten, dass am Ende niemand mehr weiß, was eigentlich die Frage war.

**Ursprung:** Entstanden in den frühen Tagen der Zivilisation, als einige schlaue Köpfe entdeckten, dass Reden manchmal mächtiger sein kann als ein Schwert.

**Tagesgeschäft:** Endloser Reigen aus Reden, Debatten und Meetings, in denen mehr heiße Luft produziert wird als in einem durchschnittlichen Vulkan. Dazwischen das ständige Navigieren durch ein Minenfeld aus Skandalen, Wählermeinungen und Presseanfragen.

**Kleidung:** Immer top gestylt, so makellos, dass sie von fragwürdigen Entscheidungen ablenkt.

**Werkzeuge:** Ein Mikrofon, das nie weit weg ist, ein Stapel von Reden, die mehr Widersprüche enthalten als ein schlechter Krimi, und ein Smartphone, das ständig mit wichtigen (und weniger wichtigen) Anrufen überflutet wird.

**Zusammenfassung:** Der Beruf des Politikers, ideal für diejenigen, die die Kunst des charmanten Versprechens und des geschickten Ausweichens beherrschen. Die Fähigkeit, sich unklar auszudrücken ist dabei mehr wert ist als jedes Diplom.

# Polizist

**Definition:** Ein Beruf, der darin besteht, Recht und Ordnung aufrechtzuerhalten, oft in einer Weise, die mehr Fragen aufwirft als Antworten gibt. Ihre besondere Fähigkeit ist es, in jeder Situation sowohl Retter als auch Bösewicht zu sein, je nachdem, wen man fragt.

**Ursprung:** Entstanden in den Tagen, als die Menschen beschlossen, dass sie jemanden brauchen, der sie vor sich selbst schützt – und der am besten auch gleichzeitig Richter, Jury und Henker ist.

**Tagesgeschäft:** Ein Katz-und-Maus-Spiel mit Gesetzesbrechern, verlorenen Katzen und gelegentlichen Verkehrsstaus.

**Kleidung:** Immer in Uniform, die so aussieht, als wäre sie entweder für einen Militäreinsatz oder für eine Parade entworfen worden. Wichtigstes Accessoire: der ernste Blick.

**Werkzeuge:** Ein Streifenwagen, der mehr Gadgets hat als das Auto von James Bond, eine Taschenlampe, die auch als Waffe durchgehen könnte, und natürlich Handschellen – für die ganz besonderen Begegnungen.

**Zusammenfassung:** Der Beruf des Polizisten, ideal für diejenigen, die glauben, dass Gerechtigkeit am besten mit einem Funkgerät und einem Schlagstock ausgeteilt wird. Zuständig dafür, Gesetze durchzusetzen, die manchmal so unklar sind, dass selbst ein Jurastudium nicht hilft.

# Popmusik

**Definition:** Musikrichtung, die so allgegenwärtig ist, dass du sie nicht vermeiden kannst, selbst wenn du wolltest. Berühmt dafür, Lieder zu produzieren, die so eingängig sind, dass du sie noch singst, während du sie gleichzeitig schon verachtest.

**Ursprung:** Entstanden in den Studios von Plattenfirmen, die entschieden haben, dass Musik nicht kompliziert oder originell sein muss, um erfolgreich zu sein.

**Instrumente:** Alles, was ein Keyboard hergibt, plus der gelegentliche Einsatz von echten Instrumenten, die sich verirrt haben, ein Computer, ein Synthesizer und vielleicht ein bisschen Auto-Tune, um sicherzustellen, dass selbst der schiefste Sänger wie ein Engel klingt.

**Texte:** Meist so tiefgründig wie eine Pfütze, häufig mit Themen über Liebe, Party und das Überwinden von irgendwelchen nicht näher definierten Schwierigkeiten, serviert mit einer Prise Einfallslosigkeit.

**Fans:** Eine breite Masse von Menschen, die entweder zwölf Jahre alt sind oder sich wünschen, sie wären es noch.

**Zusammenfassung:** Popmusik, der Hintergrundsound für Einkaufszentren, Fahrstühle und Warteschleifen. Perfekt für alle, die ihre Gehirnzellen beim Musikhören gerne in den Urlaub schicken. Ein Stil, der für die musikalische Vielfalt ungefähr so viel tut, wie ein Eimer Farbe für die Mona Lisa.

# Punk

**Definition:** Musikrichtung für alle, die ihre Teenager-Angst nie wirklich überwunden haben und glauben, dass drei Akkorde und ein schlecht sitzender Irokesenschnitt eine politische Aussage sind. Berühmt für raue Melodien, die so subtil sind wie ein Vorschlaghammer.

**Ursprung:** Entstanden in schmuddeligen Kellern und Garagen, wo wütende Jugendliche beschlossen, dass echte Musik mehr Krach und weniger Talent erfordert.

**Instrumente:** Eine verzerrte E-Gitarre, ein Bass, der klingt, als würde er jeden Moment auseinanderfallen, und ein Schlagzeug, das misshandelt wird, als gäbe es kein Morgen.

**Texte:** Wütende Schreie über alles, was gerade nicht passt – von der Regierung bis zum Zustand des Schlafzimmers.

**Fans:** Eine wilde Mischung aus Leuten, die denken, dass ein Lederjacke und zerrissene Jeans sie zu Außenseitern machen, und solchen, die immer noch glauben, dass Anarchie eine praktikable Regierungsform ist.

**Zusammenfassung:** Eine Sammlung von schrillen, schnellen Liedern, die so klingen, als wären sie in einer Garage aufgenommen worden – was wahrscheinlich auch der Fall war. Punkmusik, das ideale Genre für alle, die gerne so tun, als würden sie gegen das System rebellieren, während sie ihre Platten in kommerziellen Plattenläden kaufen.

# Rap

**Definition:** Musikrichtung, in der die Leute rhythmisch sprechen (oder brüllen) über, wie unglaublich reich, talentiert oder hart sie sind, oft begleitet von einem Hintergrundbeat, der klingt, als hätte jemand eine Spieluhr und einen Synthesizer in einen Mixer geworfen.

**Ursprung:** Entstanden in den Straßen, wo anscheinend der beste Weg, sich Gehör zu verschaffen, darin besteht, über Beats zu sprechen, als wäre man in einer hitzigen Debatte.

**Instrumente:** Überwiegend digitale Beats, die so klingen, als hätte jemand die Zukunft angerufen und nur das Schlagzeug abgeholt.

**Texte:** Oft eine Mischung aus Prahlerei, Lebensphilosophien, die so tiefgründig sind wie ein Pflasterstein, und der gelegentlichen Verwendung von Wörtern, die man nicht vor seinen Eltern aussprechen würde.

**Fans:** Eine treue Fangemeinde, die jedes Wort mitspricht und dabei so tut, als hätten sie ein ähnlich aufregendes Leben, während sie in Wirklichkeit gerade ihre Wäsche zusammenlegen.

**Zusammenfassung:** Rap, das musikalische Äquivalent eines aufgeblasenen Ego-Trips. Ein Genre, das beweist, dass man mit genügend Arroganz und einem Haufen Reime über Geld Geld machen kann.

# Reggae

**Definition:** Musikrichtung und endlose Sommer-Playlist für Leute, die noch nie in der Karibik waren. Ein Musikgenre, das sich perfekt eignet, um so zu tun, als wäre man entspannt und lebensfroh, während man eigentlich im Stau steht oder in einem stickigen Büro sitzt.

**Ursprung:** Entstanden auf den Straßen Jamaikas, wo offensichtlich jeder so entspannt ist, dass selbst das Schreiben eines schnellen Songs zu viel Aufwand wäre.

**Instrumente:** Lässige Gitarren, die klingen, als wären sie gerade aufgewacht, und Trommeln, die so langsam schlagen, dass man zwischen jedem Beat Kaffee kochen könnte. Berühmt für gleichförmige Rhythmen, die so vorhersehbar sind, dass du nach drei Songs genau weißt, was dich die nächsten drei Stunden erwartet.

**Texte:** Gesänge über Liebe, Freiheit und das Rauchen von Substanzen, die definitiv nicht legal sind.

**Fans:** Eine Gruppe von Menschen, die denken, dass das Tragen von Rasta-Mützen und das regelmäßige Hören von Bob Marley sie zu Reggae-Experten macht.

**Zusammenfassung:** Reggae, das ideale Genre für alle, die gerne in einer dauerhaften Urlaubsillusion leben und glauben, dass echte Musik nur mit einem Hauch von Laid-Back-Attitüde und einem leichten Duft von Marihuana existieren kann.

# Rio de Janeiro

**Definition:** Eine brasilianische Stadt, bekannt für ihre lebendige Kultur, atemberaubende Strände und eine Kriminalitätsrate, die selbst hartgesottene Abenteurer zweimal überlegen lässt.

**Lage:** Gelegen in Brasilien, wo die Sonne so gnadenlos scheint, dass man das Gefühl hat, direkt unter einem riesigen Haartrockner zu leben.

**Architektur:** Eine wilde Mischung aus kolonialen Relikten, modernen Wolkenkratzern und Favelas, die ausschauen, als hätte jemand Tetris mit echten Häusern gespielt. Ein Meisterwerk der Unordnung, wo Luxus und Elend Seite an Seite existieren.

**Sehenswürdigkeiten:** Die Christusstatue, die aussieht, als würde sie sich gleichzeitig über die Stadt freuen und sich für sie schämen, und Strände wie Copacabana, wo man das beste Menschenwatching betreiben kann – vorausgesetzt, man behält seine Wertsachen im Auge.

**Essen:** Eine schmackhafte Mischung aus Fleisch, Bohnen und Reis, serviert mit Caipirinhas, die stark genug sind, um einen kleinen Elefanten umzuhauen. Ideal für alle, die ihren Magen und ihre Leber gleichzeitig auf die Probe stellen wollen.

**Zusammenfassung:** Rio de Janeiro, die Stadt, in der man lernt, dass Schönheit und Wahnsinn Hand in Hand gehen. Eine pulsierende Metropole, die zeigt, dass das Leben ein Strand ist – solange man aufpasst, nicht ausgeraubt zu werden.

# Rock 'n' Roll

**Definition:** Musikrichtung aus einer Zeit, in der Haargel und Lederjacken als Höhepunkt der Rebellion galten. Berühmt für einfache, eingängige Melodien, die so alt sind, dass sie als archäologische Funde katalogisiert werden.

**Ursprung:** Entstanden in den 50er Jahren, einer Zeit, in der das Schwingen der Hüften als skandalös galt und jeder, der eine Gitarre halten konnte, als „gefährlich" betrachtet wurde.

**Instrumente:** Grundlegende Gitarren, die klingen, als wären sie aus der ersten Fabrikationsreihe, und Schlagzeuge, die so simpel sind, dass ein Kleinkind darauf ein Solo spielen könnte.

**Texte:** Eine monotone Litanei über Teenagerliebe, Autos, die schneller sind als der Verstand des Sängers und gelegentlich einen kleinen Hauch von Rebellion, die so harmlos ist, dass sie heute als Kinderlied durchgehen könnte.

**Fans:** Eine Gruppe von erwachsenen Männern, die enge Lederhosen tragen und so tun, als wären sie immer noch rebellische Teenager, und die behaupten, dass „früher alles besser war" und dass echte Musik mit dem Aufkommen von Synthesizern gestorben ist.

**Zusammenfassung:** Rock 'n' Roll, das perfekte Genre für alle, die glauben, dass wahre Musikgeschichte in einer Zeit endete, in der die meisten heutigen Musiker noch nicht mal geboren waren. Ein Stil, der entweder nostalgische Gefühle weckt oder die Frage aufwirft, ob es damals wirklich nichts Besseres gab.

# Rom

**Definition:** Stadt irgendwo in Italien. Leicht zu finden, folge einfach dem Geruch von Pizza und dem Klang von Vespas. Hatte zwar ihre besten Tage vor ein paar tausend Jahren, besteht aber immer noch darauf, eine der wichtigsten Städte der Welt zu sein. Berühmt für antike Ruinen, die alle ausschließlich zu dem Zweck errichtet wurden, zahlende Touristenmassen anzulocken.

**Einwohner:** Römer, die die Kunst des entspannten Lebensstils gemeistert haben und dabei ständig über den Verkehr, die Regierung und die Touristen schimpfen.

**Verkehr:** Ein abenteuerliches Erlebnis, das die Grenzen zwischen Videospiel und Realität verschwimmen lässt. Fußgängerüberwege sind dekorativ und Ampeln bloße Vorschläge.

**Kultur:** Eine perfekte Mischung aus Kunst, Geschichte und dem gelegentlichen Streik, der die ganze Stadt lahmlegt. Und der Spanische Treppe, bei der man sich fragt, warum man eigentlich all die Stufen hochgegangen ist.

**Essen:** Eine himmlische Kombination aus Pasta, Pizza und anderen Kalorienbomben, die so gut schmecken, dass jeder Diätplan sofort vergessen wird.

**Zusammenfassung:** Eine Stadt in der Geschichte lebendig wird – meistens in Form von Touristenscharen, die sich mit Google Maps durch enge Gassen zwängen.

# Rugby

**Definition:** Fußball für Leute, die es ernst meinen. Ein Spiel, bei dem eine Gruppe von Schrank-ähnlichen Gestalten sich um einen eiförmigen Ball prügelt, mit einer Mischung aus Schlamm, Blut und manchmal sogar ein bisschen Sportlichkeit.

**Spielprinzip:** Zwei Teams rennen, stoßen, werfen und trampeln sich gegenseitig nieder, um einen Ball zu ergattern und über die Linie des Gegners zu befördern, ohne dabei selbst ins Koma befördert zu werden. Dabei sind fast alle Arten von körperlichem Kontakt erlaubt, außer vielleicht das Mitbringen von Waffen.

**Spieler:** Meistens riesige Kerle, die so aussehen, als könnten sie Bäume ausreißen und sie zum Frühstück essen. Oft mit mehr Muskeln als Gehirnzellen ausgestattet und Nacken so dick wie die Oberschenkel eines normalen Menschen. Bekannt dafür, dass sie erst nach dem Spiel bemerken, dass sie neue Blaue Flecken und eine gebrochene Nase haben.

**Fans:** Eine laute, trinkfeste Menge, die das Spiel fast so ernst nimmt wie die Spieler selbst und jedes Tackling feiert, als wäre es ein Tor bei der Fußball-WM und ausgestattet mit einer Loyalität, die jedes mittelalterliche Heer blass aussehen lässt..

**Zusammenfassung:** Rugby, ein brutales, aber herzliches Fest der Stärke und des Muts. Der perfekte Sport für alle, die glauben, dass ein wahrer Sportler mehr Prellungen als Zähne haben sollte.

# San Francisco

**Definition:** Stadt, die so steil ist, dass selbst die Gebäude aussehen, als würden sie gleich aufgeben und den Hang hinunterrollen. Berühmt für seine Brücken, Nebel und die Tatsache, dass es mehr Start-ups gibt als normale Menschen.

**Lage:** An der Westküste der USA, leicht zu erkennen an den Menschen, die entweder Yoga machen, über Tech sprechen oder versuchen, einen Parkplatz zu finden.

**Einwohner:** Eine exotische Mischung aus Tech-Gurus, die über das nächste große Ding brüten, Künstlern, die sich fragen, wo all die normalen Leute hin sind, und Touristen, die noch versuchen, die Straßenkarte richtig herum zu halten.

**Sehenswürdigkeiten:** Die Golden Gate Bridge (perfekt für Nebel-Selfies), Alcatraz (um zu zeigen, wie hart das Leben sein kann) und die Lombard Street (die Kurvenreiche).

**Essen:** Hier kannst du alles essen, solange es bio, glutenfrei und irgendwie nachhaltig ist.

**Verkehr:** Ein faszinierendes Durcheinander aus Cable Cars, überforderten UBER-Fahrern und Radfahrern, die mutiger sind als jeder Gladiatorenkämpfer.

**Zusammenfassung:** San Francisco, die Stadt, in der Träume wahr werden. Sofern dein Traum ist, in einem winzigen Apartment zu leben, das mehr kostet als ein Schloss in Europa.

# Schach

**Definition:** Ein Zeitvertreib, bei dem zwei Personen sich gegenübersitzen und versuchen, sich mit kleinen, geschnitzten Figuren zu schlagen.

**Ursprung:** Entstanden in den alten Zeiten, als Könige und Generäle noch dachten, dass das Nachspielen von Schlachten auf einem Brett ihnen strategische Überlegenheit verschaffen würde.

**Ablauf:** Ein spannungsgeladenes Duell, bei dem man minutenlang auf das Brett starrt, nur um einen Zug zu machen, den man sofort bereut. Begleitet von dem ständigen Versuch, nicht einzuschlafen oder an den Nagelknabbern des Gegners zu verzweifeln.

**Kleidung:** Typischerweise das, was man gerade trägt.

**Werkzeuge:** Ein Schachbrett, das mehr Respekt einflößt als die meisten Kunstwerke, Figuren, die so ernst aussehen, als hätten sie eigene Lebensgeschichten, und eine Uhr, die die verbleibende Zeit bis zur nächsten Niederlage anzeigt.

**Zusammenfassung:** Schachspielen, das ideale Hobby für Strategen und Denker, die Freude daran haben, stundenlang in Stille zu sitzen und imaginäre Schlachten zu schlagen. Perfekt für alle, die gerne so tun, als würden sie tiefgründige Gedanken hegen, während sie eigentlich nur überlegen, ob sie als Nächstes Pizza oder Chinese bestellen sollen.

# Schauspieler

**Definition:** Eine Berufsgattung, die sich darauf spezialisiert hat, für unverschämt hohe Gagen in die Haut anderer Menschen zu schlüpfen, umgeben von einem Hauch von Glamour und der ständigen Angst, morgen schon vergessen zu sein.

**Ursprung:** Entstanden in den antiken Theatern, wo es noch um die Kunst ging und nicht wie man auf Instragram wirkt.

**Tagesgeschäft:** Ein Wirbelwind aus Vorsprechen, bei denen sie mehr abgelehnt werden als ein schlechter Kreditantrag, gefolgt von Dreharbeiten, die länger dauern als ihre Beziehungen. Dazwischen liegen Stunden im Make-up-Stuhl und die Jagd nach der nächsten großen Rolle.

**Kleidung:** Oft ein Mix aus Designer-Klamotten und Filmkostümen, die so teuer sind, dass man davon eine kleine Insel kaufen könnte. Das Outfit strahlt Erfolg und einen Hauch von „Ich bin berühmter als du" aus.

**Werkzeuge:** Ein Agent, der mehr ein Hai als ein Mensch ist, ein Smartphone voller Kontakte zu A-Listern und eine Palette an Auszeichnungen, die mehr Selbstbestätigung als echte Anerkennung bieten.

**Zusammenfassung:** Der Beruf des Schauspielers, ideal um zwischen Ruhm und Vergessenheit zu jonglieren. Entweder trinkt man auf einer Yacht in Cannes Champagner oder hofft, dass die nächste Rolle genug für die Miete bringt.

# Schlager

**Definition:** Musikrichtung, die die erstaunliche Fähigkeit besitzt, aus den banalsten Alltagsthemen eine dreiminütige Ode an die Einfachheit zu zaubern. Berühmt für Melodien, die so klebrig sind wie Kaugummi unter einem Schultisch.

**Ursprung:** Entstanden irgendwo in den nebligen Tiefen Deutschlands und Österreichs

**Instrumente:** Meistens nicht mehr als ein Keyboard, das auf „Polka-Modus" eingestellt ist, und eine Gitarre, die nur vier Akkorde kennt.

**Texte:** Eine Sammlung von herzergreifenden Weisheiten, die so tief sind wie die Pfütze vor deiner Haustür. Oft mit einer Prise Lebensfreude gewürzt, die so überzeugend ist wie ein Lächeln beim Zahnarzt.

**Fans:** Eine treue Fangemeinde, die anscheinend glaubt, dass ein guter Schlager das beste Heilmittel gegen jede Lebenskrise ist und dass Lederhosen tatsächlich eine akzeptable Modeentscheidung sind.

**Zusammenfassung:** Schlager, eine endlose Parade von Liedern, die so einfach gestrickt sind, dass selbst ein Papagei sie nach einem Durchlauf mitsingen kann. Typischerweise handeln sie von Liebe, Sehnsucht oder dem unergründlichen Leid, das man empfindet, wenn der Lieblingskneipe das Bier ausgeht.

# Schwiegermutter

**Definition:** Eine Frau, die es als ihre göttliche Mission ansieht, das Leben ihres Kindes und dessen Partners bis ins kleinste Detail zu überwachen. Berühmt-berüchtigt für ihre Fähigkeit, unangekündigt aufzutauchen, unaufgeforderte Ratschläge zu geben und stets das letzte Wort zu behalten.

**Ursprung:** Entstanden, als das erste Mal jemand den Fehler machte, seinen Partner nach Hause zu bringen und vorzustellen. Seitdem eine feste Institution in Beziehungen, die mehr Dramatik bringt als jede Seifenoper.

**Ablauf:** Ein nie endender Zyklus aus gut gemeinten, aber oft unerwünschten Kommentaren zu Themen wie Kochen, Erziehung und, natürlich, wie man das Haus sauber hält. Dazu gehören auch die berüchtigten „Ich habe das früher so gemacht“-Geschichten.

**Hilfsmittel:** Ein scharfer Blick, der mehr sagt als tausend Worte, ein Arsenal an Kochrezepten, die sie gerne als überlegen darstellt, und eine nie enden wollende Liste von Fragen zu deinem Job, deiner Familie und vor allem, wann es endlich Nachwuchs gibt.

**Zusammenfassung:** Die Schwiegermutter, die Frau, die dir ständig zeigt, dass du in ihren Augen niemals gut genug sein wirst für ihren perfekten Sprössling. Eine Mischung aus Familienoberhaupt und persönlichem Coach, die meistens vergisst, dass Coaching eigentlich eine Zustimmung erfordert.

# Singen

**Definition:** Ein Zeitvertreib, bei dem man versucht, Töne zu erzeugen, die oft mehr an das Geheule einer verletzten Katze erinnern als an die Engelsstimmen, die man im Kopf hat.

**Ursprung:** Entstanden in den Anfängen der Menschheit, als sich jemand den Fuss gestossen hatte und man dachte: „Das klingt gar nicht so schlecht." Seitdem hat sich das Hobby zu einer Mischung aus Talent, Selbstüberschätzung und dem verzweifelten Wunsch entwickelt, entdeckt zu werden.

**Ablauf:** Ein typischer Gesangsablauf beinhaltet das Erwärmen der Stimme, das mehr klingt wie ein Ritual zur Vertreibung böser Geister, gefolgt von endlosen Wiederholungen eines Liedes, bis entweder die Stimme oder die Geduld der Nachbarn versagt.

**Kleidung:** Mischung aus bequem und dramatisch, je nachdem, ob man im eigenen Zimmer oder auf einer Bühne performt.

**Werkzeuge:** Ein Mikrofon, das entweder ein treuer Verbündeter oder der Erzfeind sein kann, sowie eine Playlist von Liedern, die man immer singen wollte, aber nie wirklich konnte.

**Zusammenfassung:** Singen, das perfekte Hobby für diejenigen, die gerne im Mittelpunkt stehen und glauben, dass ihre Dusche ein Proberaum für das nächste große Konzert ist, auch wenn man insgeheim weiß, dass man nie über Karaoke hinauskommen wird.

# Skirennen

**Definition:** Sport, bei dem Skifahrer versuchen, so schnell wie möglich eine eisige Piste hinunterzukommen, während sie durch Tore slalomen, die scheinbar willkürlich aufgestellt wurden, nur um das Ganze noch gefährlicher zu machen.

**Regeln:** Sei schneller als die Schwerkraft und die Vernunft es erlauben und versuche, dabei nicht gegen ein Tor oder einen Baum zu krachen.

**Teilnehmer:** Menschen, die auf zwei glitschigen Brettern einen Berg hinunterrutschen und dabei versuchen, sich nicht die Knochen zu brechen.

**Ausrüstung:** Hochentwickelte Skier, die so viel kosten, dass sie eigentlich fliegen sollten, Helme, die aussehen wie Raumschiffkapseln, und Skibrillen, die dir das Aussehen eines Cyborgs verleihen.

**Fans:** Gruppe von Menschen, die es genießen, bei klirrender Kälte zuzuschauen, wie andere Menschen lebensgefährliche Geschwindigkeiten erreichen, und die jedes Mal jubeln, wenn jemand nicht stürzt.

**Zusammenfassung:** Skirennen, ein Adrenalinrausch für diejenigen, die es lieben, mit Geschwindigkeiten zu spielen. Perfekt für alle, die denken, dass Winterurlaub nicht nur aus Glühwein und Kaminfeuer bestehen sollte, sondern auch aus dem Risiko, sich sämtliche Knochen zu brechen.

# Smartphone

**Definition:** Ein tragbares Gerät, das mehr Aufgaben erfüllt, als ein Schweizer Taschenmesser jemals könnte, und dabei die Aufmerksamkeitsspanne eines Goldfisches erfordert. Hauptsächlich dazu verwendet, um ständig erreichbar zu sein und nie einen Gedanken für sich zu behalten.

**Ursprung:** Entstanden in den frühen 2000ern als Antwort auf „Wie kann ich noch weniger mit Menschen interagieren und gleichzeitig immer erreichbar sein?" Seitdem ein ständiger Begleiter, der mehr über uns weiß als wir selbst.

**Apps:** Kleine, bunte Icons, die das Versprechen von Produktivität und Unterhaltung bieten, aber in Wirklichkeit dazu dienen, jede freie Minute mit sinnlosem Scrollen und Wischen zu füllen. Von sozialen Medien, die deine Seele aussaugen, über Spiele, die dich in einen zombieähnlichen Zustand versetzen, bis hin zu Fitness-Apps, die dich ständig daran erinnern, wie unsportlich du eigentlich bist.

**Menschen:** Verwandelt selbst die kontaktfreudigsten Individuen in gebückte Bildschirmstarrende Zombies, die mehr über das Leben ihrer Online-Freunde wissen als über das ihrer echten Nachbarn.

**Zusammenfassung:** Das Smartphone, deine persönliche Droge der Wahl, wenn es darum geht, das echte Leben zu meiden. Es hilft dir, ständig „verbunden" zu sein, während du gleichzeitig die Verbindung zur realen Welt verlierst.

# Stewardess

**Definition:** Ein Beruf, der es erfordert, durch enge Flugzeugkabinen zu navigieren, während man ein Lächeln aufsetzt, das so künstlich ist wie das Essen, das serviert wird. Hauptaufgabe ist es, Passagiere zu beruhigen, die glauben, dass das Drücken der Klingel sie irgendwie schneller an ihr Ziel bringt.

**Ursprung:** Entstanden in der glorreichen Zeit, als Flugreisen noch als glamourös galten und nicht als eine Herausforderung, wie viele Minipackungen Erdnüsse man ergattern kann.

**Tagesgeschäft:** Ein endloser Zyklus aus Sicherheitsanweisungen vorspielen, Getränke servieren und versuchen, nicht bei jeder Turbulenz durch die Kabine zu torkeln.

**Kleidung:** Uniformen, die so aussehen, als wären sie direkt aus einem Retro-Film der 60er entliehen – komplett mit Halstuch und einem Lächeln, das nicht nachlässt, selbst wenn das Chaos ausbricht.

**Werkzeuge:** Ein Servierwagen, der enger ist als ein Sparschwein, Sicherheitskarten, die niemand wirklich liest, und ein Notfall-Set für alles – von einem verschütteten Kaffee bis hin zu einem Herzinfarkt.

**Zusammenfassung:** Der Beruf der Stewardess – ideal für diejenigen, die in der Lage sind, stundenlang in der Luft zu stehen, zu lächeln und dabei so auszusehen, als wären sie auf dem Weg zu einer Modenschau statt in der Economy-Class.

# Strassenbahn

**Definition:** Charmantes Relikt aus der Zeit, als man glaubte, Schienen in Straßen zu legen wäre die Zukunft der urbanen Mobilität. Eine einzigartige Mischung aus ruckeliger Fahrt, unerwarteten Stopps und dem Geräusch von quietschendem Metall.

**Komfort:** Bietet eine rustikale Fahrt mit dem nostalgischen Charme eines holprigen Kutschenwegs. Die Sitze sind meist so hart, dass man sich wie auf einem Steinblock des Mittelalters fühlt.

**Passagiere:** Potpourri der Gesellschaft, von mürrischen Pendlern bis zu Touristen, die sich fragen, ob sie tatsächlich in die richtige Richtung fahren.

**Fahrer:** Individuen, die in der Kunst des stoischen Ignorierens von Chaos und Verzweiflung hinter ihnen geschult sind.

**Geräuschpegel:** Perfekt für alle, die das Gefühl haben, ihr Leben wäre zu ruhig. Das ständige Rattern und Quietschen sorgt dafür, dass du nie vergisst, dass du in einer Straßenbahn sitzt.

**Zusammenfassung:** Nostalgische Fahrt in die Vergangenheit, perfekt für alle, die zu spät zu Terminen kommen möchten und dabei das Abenteuer einer Zeitreise erleben wollen. Ein Symbol für städtische Gemütlichkeit, gepaart mit der Effizienz eines Amtsschreibens.

# Surfen

**Definition:** Wassersportart, bei der man mehr Zeit damit verbringt, von Wellen umgeworfen zu werden und Salzwasser zu schlucken, als tatsächlich auf dem Brett zu stehen. Hauptattraktion scheint die Illusion zu sein, man wäre ein lässiger Strandgott, während man in Wirklichkeit eher aussieht wie ein nasser Pudel.

**Ursprung:** Entstanden in Polynesien, als Einheimische dachten, es wäre witzig, auf Holzbrettern ins Meer zu paddeln. Heute ein beliebtes Hobby für alle, die glauben, dass Sonnenbrand Muskelkater die besten Souvenirs aus dem Urlaub sind.

**Ablauf:** Endloses Warten auf die perfekte Welle, gefolgt von kurzem Adrenalinrausch und dem abrupten Ende im kühlen Nass. Inkludiert auch das stundenlange Starren auf das Meer und das Versuchen, nicht neidisch auf die Zehnjährigen zu sein, die es irgendwie besser hinbekommen.

**Equipment:** Ein Surfbrett, das teurer ist als ein E-Bike, Wachs, das nie dort bleibt, wo es soll, und ein unerschütterlicher Optimismus, dass der nächste Versuch bestimmt besser wird.

**Zusammenfassung:** Surfen, das perfekte Hobby für diejenigen, die zu viel Zeit und zu wenig Sinn für ihre körperlichen Grenzen haben. Ideal für diejenigen, die glauben, dass wahre Freiheit darin liegt, auf einer wackeligen Platte im Ozean zu stehen.

# SUV

**Definition:** Ein massives, benzindurstiges Automobil, das robust genug ist, um die Apokalypse zu überstehen, aber in der Regel nur dazu verwendet wird, um zwischen Vorstadthäusern und Bio-Supermärkten zu pendeln.

**Ursprung:** Entstanden aus der militärischen Notwendigkeit, die Wildnis zu zähmen, heute jedoch meist in der Wildnis urbaner Einkaufszentren zu finden.

**Komfort:** Bietet genügend Platz, um eine Kleinfamilie und deren Haustiere zu beherbergen. Innen oft ausgestattet mit Ledersitzen, die mehr an einen Chefsessel als an Autositze erinnern, und einem Entertainment-System, das Kinder ruhigstellt.

**Fahrer:** Häufig anzutreffen sind Eltern im mittleren Alter, die glauben, dass ein SUV das Minivan-Image auslöscht, und Junggesellen, die denken, die Größe ihres Fahrzeugs kompensiere sonstige Defizite.

**Sozialer Aspekt:** Ein Statussymbol, das laut „Ich habe es geschafft" schreit und gleichzeitig flüstert „Klimawandel juckt mich nicht". Auf der Straße wird es oft mit Respekt behandelt – oder mit Furcht, je nachdem, wie eng die Gasse ist.

**Zusammenfassung:** Der SUV ist der Traum aller, die gerne hoch hinaus wollen, ohne je einen Fuß auf einen richtigen Berg zu setzen. Ideal für die, die gerne über den Dingen und im Stau stehen.

# Tanzen

**Definition:** Ein Hobby, bei dem man seinen Körper zu Musik bewegt. Die Hauptattraktion ist die Illusion zu sein, dass man aussieht wie Beyoncé, während man in Wirklichkeit eher an eine Giraffe auf Eis erinnert.

**Ursprung:** Entstanden in den frühen Tagen der Menschheitsgeschichte, als die ersten Menschen herausfanden, dass es Spaß macht, sich im Kreis zu drehen. Seitdem hat sich das Hobby zu einer Vielzahl von Formen entwickelt, von denen jede ihre eigene spezielle Peinlichkeit mit sich bringt.

**Ablauf:** Ein typischer Tanzablauf beinhaltet das Finden der eigenen zwei linken Füße, das Stolpern über den eigenen Schatten und dem verzweifelten Versuch, dem Rhythmus zu folgen, der anscheinend von einem anderen Planeten kommt.

**Kleidung:** Mischung aus funktional und „Ich sah das in einem Musikvideo". Wichtig ist, dass sie genügend Bewegungsfreiheit bietet, um unkoordinierte Bewegungen zu ermöglichen.

**Werkzeuge:** Musik, die laut genug ist, um die eigenen Fehltritte zu übertönen, ein Spiegel, der der schlimmste Feind ist, und bequeme Schuhe, die Blasen ein wenig erträglicher machen.

**Zusammenfassung:** Tanzen, das perfekte Hobby für diejenigen, die keine Angst davor haben, sich lächerlich zu machen. Eine wunderbare Möglichkeit, sich zu bewegen, Spaß zu haben und gleichzeitig jegliches Gefühl für Würde zu verlieren.

# Techno

**Definition:** Musikrichtung, für alle die Beats gerne so monoton mögen, dass du sie noch in deinen Träumen hörst.

**Ursprung:** Entstanden in den dunklen Kellern und nebligen Clubs, wo anscheinend jemand dachte, dass der Schlüssel zum perfekten Song darin besteht, denselben Beat stundenlang zu wiederholen.

**Instrumente:** Ein Laptop, ein paar Synthesizer und eine Maschine, die zufällige elektronische Geräusche erzeugt – das ideale Equipment für jeden, der glaubt, dass Musik nicht mehr als ein paar Knöpfe und eine Bassline braucht.

**Texte:** Was sind das? In Techno geht es nicht um die Worte, sondern darum, wie lange du den gleichen Beat ertragen kannst, ohne den Verstand zu verlieren.

**Fans:** Eine enthusiastische Gruppe, die sich in dunklen, schwitzigen Clubs versammelt, um sich im Takt der Musik zu bewegen, die so einfallsreich ist wie eine Waschmaschinentrommel im Schleudergang.

**Zusammenfassung:** Techno, eine hypnotische Sammlung von elektronischen Klängen, die so zusammengemixt sind, dass man denkt, der DJ hätte die Kontrolle über sein Equipment verloren. Die Musik ist so laut und gleichförmig, dass sie perfekt für Leute geeignet ist, die keinen Unterschied zwischen Musik und einem Presslufthammer hören.

# Telemarketer

**Definition:** Ein Beruf, der darin besteht, perfektes Timing für die unpassendsten Momente zu haben, fremden Menschen Produkte zu verkaufen, die sie nie wollten und brauchten. Ihre besondere Fähigkeit besteht darin, ‚Nein' nicht als Antwort zu akzeptieren und dabei so hartnäckig zu sein, dass selbst eine Klette neidisch würde.

**Ursprung:** Entstanden in der Ära der Massenkommunikation, als einige schlaue Köpfe erkannten, dass man Menschen am Telefon genauso gut Dinge aufschwatzen kann wie von Angesicht zu Angesicht.

**Tagesgeschäft:** Stundenlanges Abtelefonieren einer endlosen Liste von Telefonnummern, gepaart mit dem ständigen Wiederholen derselben auswendig gelernten Verkaufssätze.

**Kleidung:** In der Regel Business-Casual, obwohl es niemand sieht. Aber es hilft, sich vorzustellen, man wäre nicht in einem Callcenter, sondern in einem schicken Büro.

**Werkzeuge:** Ein Headset, das zum festen Bestandteil des Kopfes geworden ist, eine Liste von Telefonnummern, die länger ist als das Telefonbuch von New York, und eine unerschütterliche Frustrationstoleranz.

**Zusammenfassung:** Der Beruf des Telemarketers, ideal für diejenigen, die Optimismus mit einer Prise Masochismus kombinieren.

# Tokio

**Definition:** Futuristische Mega-Metropole, die beweist, dass man wirklich alles in einem Automaten kaufen kann und wo die Bevölkerungsdichte es jedem ermöglicht, seinen Traum vom Sardine-Sein zu leben.

**Einwohner:** Mischung aus hart arbeitenden Büroangestellten, die mehr Zeit in der U-Bahn als im Bett verbringen, Cosplay-Enthusiasten, die aussehen, als kämen sie aus einer anderen Dimension, und Touristen, die immer noch versuchen, die U-Bahn-Karte zu entziffern.

**Verkehr:** Faszinierendes Chaos aus überfüllten Zügen, in denen das Personal die Kunst des Passagier-Zusammenpressens perfektioniert hat, und Taxis mit automatisch öffnenden Türen, die aussehen, als kämen sie direkt aus der Zukunft.

**Essen:** Ein Paradies für Gourmets, wo man alles von Sushi, das so frisch ist, dass es fast wegschwimmt, bis zu Ramen essen kann, die dich fragen lassen, warum du jemals Instant-Nudeln gegessen hast.

**Kultur:** Explosive Mischung aus alter Tradition und modernem Wahnsinn, wo alte Tempel neben Manga-Läden stehen und Sumo-Ringer neben Cosplay-Fans laufen.

**Zusammenfassung:** Tokio, eine Stadt, die dich gleichzeitig fasziniert und überwältigt, und wo die Zukunft bereits begonnen hat, aber niemand Zeit hat, sie zu bemerken.

# U-Bahn

**Definition:** Ein Zug, der beschlossen hat, dass das Tageslicht überbewertet wird und stattdessen die Dunkelheit der städtischen Unterwelt bevorzugt. Bietet eine schnelle Reisemöglichkeit, die hauptsächlich darin besteht, sich an Fremden festzuhalten und dabei zu tun, als wäre alles normal.

**Komfort:** Ein Konzept, das in der U-Bahn neu definiert wird. Hier bedeutet Komfort, genug Platz zu haben, um zu atmen und vielleicht sogar einen Arm zu bewegen.

**Pünktlichkeit:** Überraschenderweise oft besser als bei ihren oberirdischen Verwandten, aber immer noch mit genug Verspätungen, um jeden Fahrplan zu einem spannenden Glücksspiel zu machen.

**Passagiere:** Eine vielfältige Gruppe von Menschen, die alle gemeinsam haben, dass sie lieber woanders wären. Von stoischen Pendlern über müde Studenten bis hin zu Touristen, die auf der Karte nach der richtigen Haltestelle suchen.

**Unterhaltung:** Bietet eine breite Palette von Straßenkünstlern, seltsamen Gesprächen und gelegentlichen Flashmobs. Wer braucht schon Fernsehen, wenn man die U-Bahn hat?

**Zusammenfassung:** Unverzichtbarer Teil des städtischen Lebens, der es dir ermöglicht, schnell durch die Stadt zu reisen und gleichzeitig das Menschsein in seiner reinsten Form erleben – zusammengedrängt, leicht verwirrt und ständig in Eile.

# Universität

**Definition:** Ein Ort, an dem junge Erwachsene hingehen, um Wissen, Schulden und eine tiefgreifende Unsicherheit über ihre Zukunft zu sammeln. Berühmt für seine Fähigkeit, Hoffnungen und Schlafmangel hoch zu halten.

**Ursprung:** Entstanden in der glorreichen Zeit des Mittelalters als elitäre Einrichtungen für die wenigen Auserwählten.

**Ablauf:** Ein endloser Zyklus aus Vorlesungen, die man nicht versteht, Seminaren, an denen man teilnimmt, um zu schlafen, und Prüfungen, die man mit einem Halbwissen und viel Hoffnung besteht. Dazwischen liegen lange Nächte, in denen man sich fragt, ob der Abschluss das alles wert ist.

**Kleidung:** Eine Mischung aus „Ich habe dafür fünf Minuten gebraucht" und „Das war mal sauber". Das wichtigste Accessoire ist der Rucksack, gefüllt mit Büchern, die man nie liest, und einem Laptop, der hauptsächlich für Netflix genutzt wird.

**Werkzeuge:** Ein Stapel von Textbüchern, ein Haufen Notizen, die man nie wieder anschaut, und eine Kaffeetasse, die das Lebenselixier enthält.

**Zusammenfassung:** Die Universität, der ultimative Ort, um herauszufinden, wie wenig man eigentlich weiß. Ein Massenphänomen, wo jeder hingeht, weil man ohne Abschluss nur noch Kaffee servieren kann – was man ironischerweise auch nach dem Abschluss oft tut.

# Urlaub

**Definition:** Ein jährliches Ritual, bei dem man Arbeit und Alltag hinter sich lässt, um an exotischen Orten genau die gleichen Aktivitäten auszuüben, nur mit mehr Sand und Sonnenbrand.

**Ursprung:** Entstand, als die ersten Menschen beschlossen, dass es nicht reicht, nur zu Hause müde zu sein – sie wollten auch in fremden Ländern müde sein.

**Ablauf:** Beginnt mit dem stressigen Packen, gefolgt von der Angst, den Flug zu verpassen. Vor Ort dann das obligatorische Herumhetzen zu jeder Sehenswürdigkeit, um schließlich erschöpft im Hotelbett zu kollabieren.

**Kleidung:** Eine Kombination aus „Das sah im Katalog gut aus" und „Ich dachte, es wäre wärmer". Wichtig ist das Tragen von Schuhen, die sowohl für den Strand als auch für die Bergwanderung komplett ungeeignet sind.

**Zubehör:** Koffer, der immer zu schwer für das Fluggepäck ist, eine Kamera, um Momente festzuhalten, die man zu beschäftigt ist, um sie wirklich zu erleben, und ein Reiseführer, der einen zu denselben Orten führt wie alle anderen Touristen auch.

**Zusammenfassung:** Urlaub, die perfekte Gelegenheit, Geld dafür auszugeben, auf Instagram besser dazustehen als die Kollegen. Eine Zeit, in der man realisiert, dass Entspannung eigentlich harte Arbeit ist, und dass der schönste Moment oft der ist, wenn man endlich wieder zu Hause ist.

# Venedig

**Definition:** Italienische Stadt, berühmt für ihre Kanäle, Gondeln und die Fähigkeit, bei Hochwasser trotzdem romantisch zu wirken. Ein Ort, an dem die Gebäude so malerisch sind, dass sie fast vergessen lassen, dass du dich hoffnungslos verirrt hast.

**Lage:** Irgendwo im Wasser, Im Nordosten von Italien. Erkennbar an der Flut von Touristen, die versuchen, auf engen Brücken Selfies zu machen.

**Architektur:** Eine erstaunliche Sammlung von Gebäuden, die aussehen, als würden sie jeden Moment ins Wasser fallen, aber irgendwie seit Jahrhunderten halten.

**Sehenswürdigkeiten:** Der Markusplatz (perfekt für Taubenfütterung und überteuerte Kaffees), die Rialtobrücke (ideal, um den Gedanken „Das sah auf den Fotos größer aus" zu haben) und eine unendliche Anzahl von Kanälen, die alle gleich aussehen.

**Essen:** Italienische Küche, serviert in Restaurants, die so eng sind, dass du zuweilen versehentlich vom Teller des Nachbartisches isst.

**Zusammenfassung:** Venedig, die ideale Stadt für alle, die es lieben, in Menschenmassen verloren zu gehen, viel Geld für kurze Bootsfahrten auszugeben und sich dabei wie in einem romantischen Film zu fühlen.

# Wandern

**Definition:** Eine Freizeitbeschäftigung, bei der man sich auf Pfaden fortbewegt, die mehr Unebenheiten aufweisen als das eigene Liebesleben.

**Ursprung:** Entstanden, als die ersten Menschen noch durch die Wälder streiften, auf der Suche nach Nahrung – heute eher auf der Suche nach dem perfekten Instagram-Foto, das so aussieht, als wäre man die einzige Person weit und breit.

**Ablauf:** Eine endlose Abfolge von Schritten, die einen ständig daran erinnern, wie wenig man sich im Alltag eigentlich bewegt. Inklusive der ständigen Begegnung mit anderen Wanderern, die alle so tun, als wären sie nicht auch nur wegen der Aussicht da. Das Ganze wird garniert mit gelegentlichem Verirren und dem stoischen Blick aufs Handy, das beharrlich „kein Signal" anzeigt.

**Ausrüstung:** Eine Mischung aus Funktionskleidung, die man im Alltag nie tragen würde, und Schuhen, die dafür gemacht sind, Blasen zu erzeugen. Nicht zu vergessen der Rucksack, der immer zu schwer ist, egal wie wenig man einpackt.

**Zusammenfassung:** Wandern, die ultimative Möglichkeit, sich von der modernen Technologie zu entkoppeln und sich stattdessen mit der archaischen Kunst des Sich-Verlaufens zu beschäftigen. Ein masochistisches Hobby, das zeigt, dass man nicht weit reisen muss, um Qualen zu erleben – manchmal reicht schon der nächste Hügel.

# Weihnachten

**Definition:** Ein jährlich wiederkehrendes Ereignis, das offiziell dazu dient, die Geburt Jesu zu feiern, aber in Wirklichkeit eine Ausrede für unkontrolliertes Essen, Trinken und das Austauschen von Geschenken ist, die niemand wirklich braucht.

**Ursprung:** Entstanden als christliches Fest, das irgendwann von Kaufhäusern und Werbeagenturen gekapert wurde, um die wahre Bedeutung von Weihnachten zu lehren: Je teurer das Geschenk, desto größer die Liebe.

**Ablauf:** Ein Marathon aus Einkaufswahnsinn, Plätzchenbacken und dem Versuch, den Familienfrieden zu bewahren.

**Kleidung:** Häufig eine Mischung aus hässlichen Weihnachtspullovern, die man nur einmal im Jahr trägt, und Outfits, die so festlich sind, dass man glaubt, man sei Teil des Weihnachtsbaumschmucks.

**Hilfsmittel:** Ein Berg von Dekorationen, die mehr Platz einnehmen als die Möbel, ein Arsenal von Rezepten für Weihnachtsgerichte, die niemand aussprechen kann, und natürlich Berge von Geschenkpapier.

**Zusammenfassung:** Weihnachten, die Zeit, um sich daran zu erinnern, dass wahres Glück in materiellen Dingen liegt. Eine magische Zeit, in der man sich an die Liebe und die Familie erinnert – und daran, dass man nächstes Jahr wirklich früher mit den Vorbereitungen anfangen sollte.

# Wohnmobil

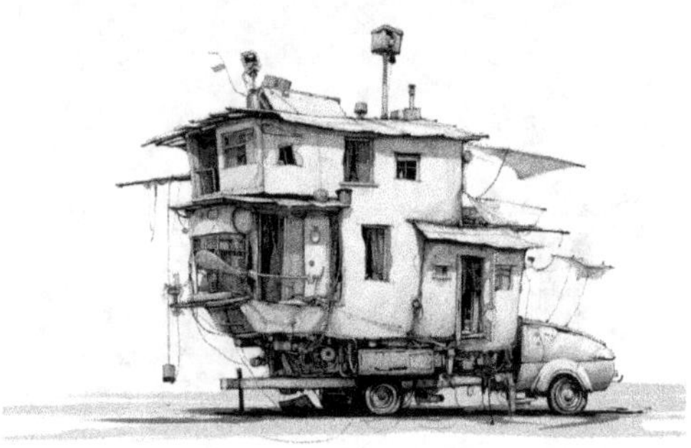

**Definition:** Ein fahrendes Zuhause, das es ermöglicht, die Illusion von Freiheit und Abenteuer zu leben, während man eigentlich nur sein ganzes Hab und Gut in der Geschwindigkeit einer lahmen Ente von einem überfüllten Parkplatz zum nächsten schleift. Eine Art Hotelzimmer, das so eng ist, dass man beim Umdrehen im Bett gleichzeitig kochen und duschen kann.

**Ursprung:** Entstanden als jemand beschloss, dass Camping zu hart ist und es besser wäre, das ganze Haus mitzunehmen um nach dem Einparken sofort ein Nickerchen machen zu können, ohne erst ein Zelt aufbauen zu müssen.

**Ablauf:** Ein Lebensstil, der aus scheinbar endlosen Stunden auf der Autobahn besteht, gefolgt von dem Kampf, einen Parkplatz zu finden, der groß genug für das rollende Heim ist, ohne dafür einen Strafzettel zu bekommen.

**Ausrüstung:** Ein GPS, das ständig „Route neu berechnen" sagt, eine integrierte Küche, die so winzig ist, dass man lernt, Ein-Topf-Gerichte zu schätzen, ein Bad, das auch als Wandschrank dient, und ein Bett, das tagsüber als Sofa getarnt ist.

**Zusammenfassung:** Das Wohnmobil, der Traum aller, die Freiheit lieben und sich nicht vor engen Räumen fürchten. Die perfekte Wahl für Urlauber, die gerne alles mitnehmen, inklusive des Küchenspülbeckens. Ideal als ultimativer Test für zwischenmenschliche Beziehungen auf engstem Raum.

# Zürich

**Definition:** Schweizerische Stadt, so sauber und ordentlich, dass man sich schuldig fühlt, wenn man auf der Straße hustet. Bekannt für seine Banken, Uhren und Preise, die selbst Millionären Tränen in die Augen treiben.

**Lage:** Irgendwo in der Schweiz, erkennbar an den Bergen, die so perfekt sind, dass sie fast schon fake wirken, und den Seen, die sauberer sind als dein Wohnzimmer.

**Öffentlicher Verkehr:** So pünktlich und sauber, dass man sich fragt, ob man in einem Transportmittel oder einem Operationssaal sitzt.

**Einwohner:** Effiziente Mischung aus Bankern, Uhrenmachern und Schokoladenliebhabern, die alle mehrsprachig sind und pünktlicher als ihre eigenen Uhren.

**Architektur:** Charmante Altstadt mit Gebäuden, die so pittoresk sind, dass man fast vergisst, wie viel die Miete in dieser Stadt kostet.

**Essen:** Schokolade und Käse in Mengen, die jedes Diätprogramm zum Weinen bringen.

**Zusammenfassung:** Zürich, eine Stadt, die so ordentlich und reich ist, dass sie fast schon unrealistisch wirkt. Der perfekte Ort für alle, die saubere Straßen, präzise Uhren und leere Geldbeutel mögen.

www.ingramcontent.com/pod-product-compliance
Lightning Source LLC
LaVergne TN
LVHW020346200726
843507LV00012B/2517